静默与生机

草白——著

黄山书社

图书在版编目（CIP）数据

静默与生机 / 草白著. -- 合肥 : 黄山书社,
2022.12
（慢活书系）
ISBN 978-7-5737-0566-2

Ⅰ. ①静… Ⅱ. ①草… Ⅲ. ①散文集—中国—当代
Ⅳ. ①I267

中国版本图书馆CIP数据核字（2022）第242724号

（本书为浙江文化艺术发展基金2021年度资助项目、嘉兴市文化精品工程扶持项目）

静默与生机 草 白 著
JINGMO YU SHENGJI

出 品 人 贾兴权
责任编辑 张月阳
装帧设计 有品堂_刘 俊 张俊香
出版发行 黄山书社（http://www.hspress.cn）
地址邮编 安徽省合肥市蜀山区翡翠路 1118 号出版传媒广场 7 层 230071
印 刷 安徽联众印刷有限公司
版 次 2023 年 2 月第 1 版
印 次 2023 年 2 月第 1 次印刷
开 本 880mm × 1230mm 1/32
字 数 160 千字
印 张 8
书 号 ISBN 978-7-5737-0566-2
定 价 58.00 元

服务热线 0551-63533706
销售热线 0551-63533761
官方直营书店（https://hsss.tmall.com）

目录

静默与生机

——读牧溪的画

默如雷霆

纵观整个中国绘画史，南宋画僧牧溪为寂寂无闻者。其生平事略之记载，散落在各文献史料中，不过寥寥数十字、百余字，又语焉不详，讹传者居多。其画作不是散佚了，便是流布于海外，其中日本居多，且赝品不在少数。牧溪与其他水墨画家都不同，不仅因其身份、境遇的差异，更在于其画作所散发出的独特气息。

牧溪是蜀人，年轻时求过功名，曾受同乡画家文同的影响；后蒙古军由陕西破蜀北，牧溪离蜀入浙，至杭州入径山寺，从无准师范禅师。作为僧人的牧溪，喜画龙虎、猿鹤、山水、树石、人物，多用蔗渣草结式笔法，随意点墨而成，意思简当，不费妆缀。后人评之“粗恶无古法，诚非雅玩，仅可供僧房道舍，以助清幽耳”。更高一点的评价来自吴大素的《松斋梅谱》，

“松竹梅兰，不具形似，荷芦鹭雁，俱有高致”，其余，便再也寻不出更深入、更准确的评述了。

诚然，牧溪的画并非雅玩，它不入文人士大夫的案头装饰，也成不了消遣赏玩之品。作为水墨画，它不致力于传统绘画中笔墨气韵、诗意美感之营造，甚至表现出一种强烈的“非画”性，不是单一的安静、幽远、深邃，也非全然协调的物我两忘、天人合一；干脆，它表现的是变形、夸张和怪诞，也是弥散、拒斥和破坏，是瞬间光照，也是本质顿现。牧溪将作画视为修行开悟的道场，并幻想寻到最终的解脱之道。

牧溪的画作是直觉、顿悟和灵性迸发的产物。它无所师承，不讲来历，没有归属，自然不能纳入荆关董巨（荆浩、关仝、董源、巨然）、赵孟頫、“元四家”、“吴门四家”以及“四王”这个一体化、系统性发展的绘画体系中。牧溪是以破坏的精神去接近和把握传统绘画的内核，并由此形成自己的核心。

“万物自生听，太空恒寂寥”——这是韦应物的诗。

“性印朗月，身同太虚”——山水处于流动之中，没有定在。这是画家倪瓒对“逸气”的理解。

“空林一叶飞，秋色横天地”——八大山人从世界的观照者，返回世界本身，回到山是山、水是水、长空不碍白云飞的境界中。

所有这些人在天地万物中出乎本然、归于应然的反应，都在幽寂、空灵、深邃等美学观的笼罩之下。它们舒缓、协调，动静相宜，张弛有度，充满洁净与美感。但牧溪不同。牧溪的画作不是美与幽寂的歌吟，更像是力与静默的表达。在《潇湘八景图》里，他直接面对这个世界，面对村落、烟岚、湖面、树影、归帆——它们是他当下感受的直接凝聚，带给他灵魂的震荡。于是，看似淡远、空蒙、安静至空无一物的《潇湘八景图》，却给人一种静默中的战栗感，好似音乐于无声处飘荡，曲调委婉下行，跌宕起伏，甚至显示出某种受压抑的迹象。

这是一片不循古法的枯淡山野。时空浩渺，万物聚散，一切都归于静默而深湛的艺术世界里。在物象的形上，牧溪做了最大限度的概括、简略和虚化。凭借艺术家的直觉，他以纯墨捕捉心灵的瞬间感悟，不致力于具象形体的描摹，也无骨法用笔的痕迹。极简笔法的运用，使得物象背后隐藏的一切获得极大的生长空间。

那是来自静默的力量。孤独的灵魂面对茫无边际的世界，排除万难，深情追索，表现出与宇宙、生命共有的静默之情，一种超越心灵的获致。

牧溪画作中的静，不是干枯和萧索，更不是古井无波、心如止水，而是极动之后的极静，是来自灵魂深处的静谧与神秘。

中国传统文艺的批评标准，向来“雅”字当先。雅正、雅致、绝俗是其不二标准。这些雅、唯美和绝俗可以在顾恺之的《洛神赋图》、倪瓒的《容膝斋图》中找到美好的印证，但魏晋时期，佯狂的阮籍及纵酒的刘伶之痛苦，又当如何表现？

牧溪身上有与“竹林七贤”相似的性情和血性。牧溪因抨击权相贾似道，遭其追杀，四处躲避，贾死后，才得以复出。

潇湘八景图·渔村夕照（局部）／牧溪

某种程度上，牧溪的画，也是以反叛的精神去接近和把握传统绘画的内核，是其审美人格的一贯体现。这是关乎力的艺术。淡远、静默的画面中，造型随墨迹漫漶无边，逐渐融化到无边的云雾之中。树影横斜，模糊而散乱，好似有大风作无止境的吹拂，又似在暗示着审美主体所遭受的压抑与苦痛。

而表面看来，一切皆虚静而缄默。

由牧溪画作，联想到日本人所推崇的枯山水造型景观，以沙石表面的纹路来呈现水之流动，以叠放有致的假山象征密林和山峦，所有这些不仅关乎艺术中的留白，还有暗示与想象，以及背后的美学旨归。后来，牧溪画作传入日本，被尊为“国宝”，影响了日本人的审美，应该不是偶然。

日本美术史家矢代幸雄在《日本美术的特质》中写道：“牧溪绘画高迈洒脱的玄境，为日本画家向往而又难以企及。学习牧溪的日本画家……逐渐地在‘绘画化’中包含了洁净、沉默的气韵。这一新的思潮，对容易迷恋于放纵绚烂趣味的绘画样式，提供了严格的反省契机。”

矢代幸雄提到“洁净”“沉默”“反省”等词语，这也是牧溪作为艺术家所建立的私人美学坐标，但他的“洁净”和“沉默”很容易被视为粗恶无笔法。伦勃朗的时代，时人评其后期画作笔触粗糙，难以忍受，英国诗人埃尔森却如此说：“其笔画尽了微妙的本分，粗糙被设计用来掩藏其艺术。”这是埃尔森之于伦勃朗的“看见”，却不是任何人都能拥有这样的眼光和识见。一个人所能获知的外在事物的深度和内涵，从来都与他内在的自省能力成正比。因此，面对牧溪的画作，任何主观判断或结论都难免显得荒疏和草率。一个人只有经过无休止的追寻，一次次的试探与尝试，才有可能逼近真相。

氤氲之气

牧溪热衷于对云烟、雾霭、水汽、树影等虚飘事物作宛如实在事物之描绘。画面中，那些山石、树木、屋舍并不遵循皴擦法等传统的笔墨之法，而以烟云水雾的空蒙、混沌之态呈现。隐约而模糊的形态，好似被水汽一再浸润、濡湿之后的模样。尤其是《潇湘八景图》，整个一水汽氤氲、缥缈恍惚的幻影世界。传统绘画所讲究的笔墨之法，重点在于"水法"之协调运用，因为"墨法在用水，以墨为形，以水为气，气行，形乃活矣"，但牧溪并不采取传统绘画之道，也不致力于在画面中传递枯湿浓淡、点线疏密之间的分寸与法度，而是通过默契神会，静心领略艺术之于心灵世界的启示。

牧溪让我想起美国画家马克·罗斯科，在那些色块与色块之间，隐藏着生命内部的拒斥与融合、生发与聚散、呼唤与共鸣。艺术家的色块和造型语言尽管给人抽象之感，但绝非毫无意义的组合，更不是故弄玄虚。它是一个虚空流荡、层叠不止、生机勃发的自在世界。

从某种意义上说，牧溪更像一位哲学家。禅宗注重“顿悟成佛”，讲究简单和趋于直接，牧溪在画面上的一再隐藏及不断删减，大概也是由此而来的吧。

北宋文学家苏轼画过《枯木怪石图》，也画过《潇湘竹石图》，他所画之树为枯木，石为怪石。对于水，苏轼却主张随物赋形，强调对他物的借用。牧溪画作里也有水，《潇湘八景图》干脆就是八幅与水有关的图，但牧溪没有对水进行精确、细致的描摹。与牧溪同时期的画家马远，是一名画水的高手。他的《十二水图》多以淡墨顺锋勾勒水纹，线条灵动、舒展、华丽，给人波谲云诡之感。《潇湘八景图》里，与其说牧溪画的是水，不如说画的是水汽氤氲之态。没有实际的水面、水波、水流以及与水有关的线条，只有树影、帆影以及微茫的远山的轮廓，营造出的一种随云烟飘荡的恍惚感。这里的水，已成为弥漫、氤氲的水汽了。

牧溪所画是云雾缥缈、弥漫惝恍的水汽，静默、冷寂、孤绝，难以形容与把握，就像画家所置身的现实，但它又随时显露出光风霁月之景，开阔澄明之境。相比于滔滔之水，氤氲水汽给人混沌、凝定和迟滞之感。与此同时，它又是飘忽的，时刻处于变灭之中。在云烟变灭的那一刻，世界浑然一体，前前灭尽，后后新起，生灭无间。此间，各类声响隐约可闻，晚钟、流水、棹歌以及舟楫的轻摇晃动，还有物影之晃动、光之映照——晨起之朝霞，夕暮之余晖，从云缝间渗漏出的日光。因为光，密林深山也变得澄澈、透亮起来，好似一个人待在黎明前幽暗的房间里，等待着天色由晦暗逐渐变白，清晨的河面微光

潇湘八景图·平沙落雁（局部）／牧溪

荡漾，草尖上露珠闪烁，一个透明、敞亮的世界由此打开。

牧溪惯以淡墨晕染出远山微影，再以浓墨点出近处参差迷离之林木、村舍，初看漫漶不清，细观却有恍然入梦之感。如此，烟云缥缈，山色空蒙，给人僧侣悟禅般的观感。

牧溪的山水画，淡到看不见山水和山水中的人，将草木景物统统送往一个影影绰绰的世界，让人想起塔可夫斯基的电影。梦幻般的镜头，迷离恍惚的场景，城市、荒野、街道、房屋、人脸，统统看不清楚，怎么也看不清楚，好像始终笼罩着一层薄纱，不给人看清的机会。

神秘、空灵、闪烁，也是一个茫然、无住的世界。

阴翳与光亮

作为一名禅宗僧人，牧溪画过一些禅画，比如《布袋图》《蚬子和尚图》《五祖荷锄图》等，它们以寥寥数笔勾勒人物形象，笔墨率性、洒脱，颇得梁楷《泼墨仙人图》及《太白行吟图》的简笔神韵。但真正让我感兴趣的是他的《观音图》和《罗汉图》。它们笔墨浑厚，风格肃穆，严谨却不失法度，有一种永久纯粹的范式。来自神性世界的观音和罗汉，带着近乎凡人的表情于荒野山地盘坐不动，深思默想。

《观音图》中，白衣观音端坐于濒水的山崖蒲团之上，表情镇定，心无旁骛，几乎至岿然不动的境地。晕染的草木岩石，深暗背景中忽然出现一袭白衣，整个画面给人幽深、澄明之感。再观《罗汉图》，暗自心惊。默如深渊的山野里，一闭目长者，素布自头顶披覆于全身，脸颊消瘦，神色微苦，结跏趺坐在崖岩草木间，作静修之态。罗汉面容镇静，身后巨蟒缠绕，张口伸舌，自后盘旋至其膝上。对此，罗汉依然表情肃穆，好似进入无物无我之境。荒寂空无的山林里，一人一蛇，一静一动，一场精神对峙正在进行中。

它们是禅画，暗示着参禅、悟禅和解悟之道，但更重要的是，这些画面给人一种超越宗教仪式的感动。达摩终日面壁，盘膝静坐，飞鸟在其肩上筑巢而不知，对面石上留下其面壁姿态的形象而不觉。著名的“达摩面壁”的故事，与画面中罗汉的故事有相通之处。

这些《观音图》和《罗汉图》，大概就是牧溪本人以绘画的形式所证得的阿罗汉果。荒凉山野代替壮丽恢宏的曼陀罗道场，静修悟道者由高高在上的神换作俗世中人，丛林阴翳，弥漫着幽深、沉郁的气息。画家以荒寒、凝重的笔触来渲染山岩乱石，那些空白则以或深或浅的墨色晕染，使其成为一个有机整体。所有这些既是罗汉和观音们的道场，也是他们所要超越的迷障。

它们既可作禅画解，又超脱于禅画本身。

牧溪在画龙虎图时，落墨粗重，与《潇湘八景图》的风格判若两人。轻盈是一种梦幻的创境，那也是禅宗和牧溪所奉行的，而晦暗与凝重无疑是另一种。牧溪向来以开放的精神去把握生命和绘画的本质。

罗汉图（局部）／牧溪

想起很久以前读过的一本书——谷崎润一郎的《阴翳礼赞》。日本人在审美上向来反感清晰、闪光、一览无余。深幽的居室，微微透光的纸窗、纸拉门，摇曳的烛火或昏暗的灯光，木质的地板和家具，深沉的漆器餐具，以及钵内赤褐色的汤汁，空气凝重而静止，所有这一切无不笼罩在一种幽美、阴翳的气氛之中。

这样的空间不单由物堆积而成。那些朦胧而暗淡的光，那些弥散在物与物之间的暗影，更像是来自精神世界的阴影，诉说着无法言说的迷障与苦闷。这样的居室必然要有空的一面，只有空才能凝聚和容纳更多。包括让朦胧薄暗的光线斜射进来，包括岁月流逝使得器物表面所添加的尘埃与污垢，包括清理和洁净过程中所出现的对峙、和解，以及最终的融为一体。

牧溪画作似乎着意于记录某种堆积、重生以及无言的沟通。一般而言，沟通必须包含着某种意义的语言交换，但在特殊境遇里，并不需要那些。当我们置身某处昏暗的空间，似乎更能看清这个世界，看清那些事物的来路和去向。

六柿图

这世上的观看者大致可分为两种：一种看过《六柿图》，另一种并未看过。在那些观看者中间，此图引发了长久而激烈的共鸣。对《六柿图》的描述和解读从未停止过，但《六柿图》依然是个谜，依然不可描述和解读。在现存的牧溪画作中，除了这六枚柿子，他没画过别的柿子，也不曾有与《六柿图》相似的画作存世。

在浩渺的宇宙、无边的虚空中，这六个简笔的柿子，简直是横空出世。此前，没有人敢这样画柿子。此后也不会有。《六柿图》是古代绘画文明高度成熟的结晶，更是文明和艺术家共同成就的佳酿。

《六柿图》通常被当作简素、玄妙的禅画来解读。所谓禅画，它表达的是禅悟体验。美术史上，禅画通常以山水、果蔬、公案故事为题材来寓示禅机，而牧溪画的是柿子。虽然《六柿图》诞生于僧舍禅房，表现出某种灵机与禅意，但它远远超出禅画的范畴。

《六柿图》不以传统的水墨语言取胜，甚至与此相违背。它不重外形和水墨技巧的表现，设色和距离感也不契合宋画传统。《六柿图》不可用某种单一的类型概括，它甚至不像一幅画，它的出现是对传统绘画体系的反对。那些由虚幻的墨色凝聚而成的柿子，并非现实中的柿子，但有一种奇异的感觉，除了这六枚柿子，似乎再没有他物能将人带入那冥想的境地。

《六柿图》独一无二，它拒绝归类，自成一派。六枚柿子的摆放，看似随机，却富有禅意。不同墨色的柿子，成熟度不一，浓淡深浅也不一。偏圆形的方，或方形的圆，从方到圆的演绎，也是生命状态的流转与变奏。

日本禅宗研究者铃木大拙把禅对否定的运用形容为“为求

六柿图／牧溪

佛而弃佛”，并认为这是悟禅的唯一路径。可以说，《六柿图》也是通过对传统绘画的“反对”，将中国水墨画带入另一种境界。从这六枚柿子中，我们看见风月、山水、禅理、人心，看见万物的共相和空相，看见人世的安静、完满和自足。烟云生灭，尘世聚散。在时间的流逝中，这六枚柿子已成为永恒和常在的相。

就像这世上有“原小说”这样的东西，《六柿图》好比是一幅“原画”，即关于六枚柿子如何被创作出来的画。《六柿图》展示了时间以及佛理的演变过程，以墨色之深浅浓淡来表现柿子之生长与衰变。不仅指柿子，可由柿子推及万物，这便是《六柿图》的现代性。从这个意义上来说，这是一幅现代绘画，它的内核是模糊的，甚至是矛盾的，它呈现的不是“一”，而是“多”。

《六柿图》既是关于“色”与“空”的艺术，也是关于“存在”的艺术。它呈现的是一个否定、驳斥、自省，最终又融为一体的过程。它给人以太古感，就像水墨画中的山水。但它并不表现山水画的空间感，那六枚柿子自身的排列及重组就是一个独立空间，它淡逸、简朴，有一种自觉为之的古拙之气。

《六柿图》完成六百多年之后，有一个叫莫兰迪的意大利画家开始画瓶瓶罐罐。那些沾染尘埃的瓶子罐子，色调明暗不一，高低宽窄不一，它们在经过错位、重叠和渗透之后，在历尽矛盾和对峙之后，呈现出一种永恒感和宗教感。

无论是莫兰迪，还是牧溪，他们都以静物来体验人类永恒的情感，以及对情感的超脱。他们都感受到光的存在，一些微弱的、被遮蔽的光，它们来自艺术家自身的证悟。

与《六柿图》劈面相逢的日子里，我想起很久以前的人——佛陀、耶稣、孔子、苏格拉底，他们从微茫的亮光中走来，似乎可出现在任何时代，但佛陀、耶稣、孔子、苏格拉底终究只现身于他们所在的时代。《六柿图》是超越时间的绘画，就像佛陀、耶稣、孔子、苏格拉底等人终将超越所属的种族和人群，他们的从容，对人类痛苦的忍受以及对苦难的救赎，使得他们最终超越时空和生死。

《六柿图》是至简的墨象，是灵魂的涅槃之作。

光与生机

关于画僧牧溪本人，连生卒年月都不详尽，自然不可能留下可供挖掘的生平史料。唯一可追溯其踪迹的是那些模糊、静谧的画作。他将一切诉说藏匿在烟云变灭的山水图卷里，留在《六柿图》晕染、变幻的墨色中。

那是一些静默的作品，充盈着缭绕的云雾与弥漫的水汽，是短暂而又变幻无穷的影子，也是一个生命体变动不居的自我及自我的幻影。

所有伟大的艺术都有语焉不详、不可尽述之处，人们能感知它，却不能尽知。我真正感兴趣的是牧溪如何抵达涅槃之路。佛陀的经验是顿悟。沉默在佛陀的生活中起着至关重要的作用，对众人渴求的问题，他总是不置可否，甚至闭口不谈。在佛陀的世界里，沉默是美德。

牧溪在圆寂前曾手书一首《渔父词》。生命宛如寒潭雁迹，雁去而潭不留影。牧溪追求的是“梅花雪月交光处”的纯白之色、澄明之境。绘画史上，有人为追逐自然万物稍纵即逝之美而作画，有人借山水笔墨来抒写内心之忧愤，有人涂涂画画不过为了抵御内心空虚，而在牧溪那里，一切都为了最终的忘却。

“而今忘却来时路。江山暮，天涯目送飞鸿去。”

梅花、雪月辉映处，既是生命之光交汇之地，亦是佛经世界里本来的光明与增上的光明相遇之时。那是一处澄明、洁净、无我之地。我想起昏暗山野里白衣观音身上沐浴的幽光，还想起《潇湘八景图》中虚空流荡的光芒。抟虚成实，蹈光蹑影，世相亦如梦幻泡影。这是中国古代水墨画家的人生观和审美观，同时也是禅宗僧侣的。

“一切有为法，如梦幻泡影，如露亦如电，应作如是观”，这是禅宗经典《金刚经》里的一句话。

苏格拉底认为只有当悲哀消失时，灵魂才能通向伟大的安宁处；真正的生活不是走向死亡，而是走向善。苏格拉底通过对无知的研究及灵魂的袒露来获得信仰之道。而牧溪所孜孜以求的是澄澈明净，是物我两忘，更是无我之境。

《渔父词》可看作牧溪的涅槃之曲。“一笑寥寥空万古”，当生命走向最终的圆融和完满之时，牧溪忆起佛陀的教诲。般若观照，妄念俱灭，就如那六枚空灵简淡、虚空流转的柿子。

柿子为扁圆或圆锥形，悬在枝上时，有一种生涩、伶仃之美。成熟、坠落后，便有橙色的、甜美的汁液流出。而晾干后的柿饼更为甘甜，分明属于冬日梦境里的况味。

《六柿图》是美与时间的馈赠，它以物质内部的循环、流转、变幻，展示了生命中转瞬即逝的生机。

它是生机，也是专注纯粹、静默无语。

乔治·莫兰迪的画室

一

在那间中等大小、位于意大利博洛尼亚家中的画室兼卧室里，乔治·莫兰迪与他的静物度过了生命中的大部分时间。那个房间有床铺、老旧写字桌、画架，更多的是静物画的原型——整齐摆放的瓶瓶罐罐，在它们该在的地方，各就各位。莫兰迪深居简出，每天只在家中的画室和博洛尼亚美术学院的教室之间来回往返，日常行止可谓单调、乏味之极。

意大利画家基里科与卡洛·卡拉曾组建过一个“形而上画派”，莫兰迪也是其中的成员。有一天，基里科一行去莫兰迪的画室参观。莫兰迪站在门口，不让他们进去。他说，你看，我正在工作呢。但基里科发现画架上并没有画布，调色盘上也干干净净的。显然，莫兰迪并没有在作画。或许他只是在脑子里构思一幅还不存在的画作。很多年后，基里科

静物/乔治·莫兰迪

与人谈起当年去莫兰迪画室所看到的场景。

“他不断调整百叶窗的开合，调整物体的摆放位置，然后站在角落里观察。

“或许，他要看有多少光线照在那些物体上。

“他大概在等待合适的机会作画。”

……

这便是乔治·莫兰迪的日常生活，作画之前的准备工作被无限延迟下去，成为创作环节中的重要一环。为了找到光和物体的关系、物体和背景的关系以及其他别的关系，莫兰迪像戏剧导演安排他的演员那样，精心摆布他的物品。后人进入他的画室，发现静物台上赫然刻画着重重叠叠的圆形痕迹。为了便于观察，莫兰迪将调整之后的物品位置一一刻画下来，这样即使在偶然挪动后，也能很快找到准确的方位。

对于物品表面的尘埃，莫兰迪自己从不擦拭，也不允许家人清扫。多年来，乔治·莫兰迪的生活就如缄默的静物，保持单调、克制的状态。他不曾与任何人缔结婚姻关系，也没有恋爱和绯闻对象。唯一与他有关的轶事大概是，每天下午准时出门散步，路线固定，因此被认为是小城的移动地标。他与母亲以及四个未出嫁的妹妹一起生活，并最终相伴走到生命的终点。可以想见在那个家庭内部定然存在一种异常稳固的东西，连两次世界大战都不能摧毁。

这些边缘模糊、色调柔和的日常物品，自从由家庭的置物架被转移至画室里，便丧失日常储物功能，与画家本人一起陷入沉思默想的状态。所有进入莫兰迪画室的物品，开始

花卉一

乔治·莫兰迪

呈现出无时间性和不朽感，不像花卉、水果那样容易腐烂，如此正好便于画家反复观看、研究与揣摩。

莫兰迪以钝化的方式处理物体轮廓和形状，却没有将艺术家天性中敏锐、微妙的东西丢掉。并且，莫兰迪的敏锐以一种饱满、温和、娴静的方式呈现，那源于他对色彩及边缘线的奇妙感觉。他的色彩感尤其值得称道，类似一个人的自我呓语、自我沉醉。不是辩论，而是独白，且以一种时断时续、可有可无的方式进行。这也是莫兰迪毕生隐居生涯的隐喻。陈丹青认为这种以取消自我为目的的存在方式，可归为“颓废”一派。这里的颓废绝非消极避世，而是一种罕见之美，由时间和性情所滋养的美。

莫兰迪的静物——哪怕是很少描绘的花卉，也不给人艳丽娇媚、花团锦簇之感。它们尺寸偏小，灰茫、局促，被置于画面中心，遵循着某种关于“寂静”的排列秩序。从某种意义上说，它们也是颓废的，是一些失去了水分的花瓣，一些模糊、干巴的色块，凝固在尘埃和大气之中，宛如被风干的记忆。

二

关于乔治·莫兰迪遗留人间的画作，它们给我的感觉是——茫茫时间灰烬之上屹立的岛屿。周遭是灰蒙蒙、暗沉沉、琥珀色的荒野，也是棋盘、沙漠和海，各色器皿、瓶瓶罐罐出于其中，色彩的丛林中氤氲出一座混沌、恍惚的形而上之城。茫茫天地，不知所止；日月循环，周而复始。

莫兰迪的画好似天地宇宙间运行的飞行器。宇宙浩渺，时空无尽，“泛泛杨舟，载沉载浮”。而它们是“日月之行，若出其中；星汉灿烂，若出其里”，眼前天色晴霁，星月交辉。

过往岁月之所见所想凝聚成这些瓶与罐的摆放方式，其细微差别不过是前后左右位置的移动，色系搭配的微妙调整。就像一个深居简出之人的装扮与行头，大千世界中度过的每时每刻。所有这些都被莫兰迪记录下来，以敏锐的感受力，以无尽的耐心，一笔一画镌刻出时间的山头与平原。

这些静物画让我想起沙漏。莫兰迪以沙漏的耐性来作画。在他的作品中，时间以颗粒状流逝，可触可感。作画既是精神表达，也是这个避世者度过寂寞时光的方式。这单调、枯燥、一笔一画的练习成为艺术家的日常生活。除此之外，他并不向往别的生活。

如果说其他艺术家的作品是新奇出众、不同流俗之物，是一道闪耀的光芒，是一则振聋发聩的言论，那莫兰迪所画的这些可以说极为平淡和普通，不过是微尘垒砌的形状，时间岛屿上的衍生物。但莫兰迪的伟大之处在于，以色彩、体积和光雕塑出日常的面容，也是时光流逝后记忆所能保存的印象。

调色盘在莫兰迪手中绽放出低饱和度的灰、蓝、橙、绿、褐，没有大亮大暗之色，是晴朗天气里的黄昏暮色，也是厚叠云层中透露出的曲折微光。这些尘埃、光亮、色彩共同构成莫兰迪笔下幽微、精密的宇宙天地，宛如大地之上的山川、流水、林莽和原野，沉稳安静，各就各位。

画室是莫兰迪的道场。他生命中的大部分时间皆遨游于此，无论是直觉观察，还是理性默想，那张严肃、诚实、郁郁寡欢的脸都不曾丝毫懈怠。绘画是一种古老的接近手艺人的行当，所用的方法完全是个人的，也有可能是过时的。很多时候，他只是观察，看微尘在器物上微微扬起，看光线在物品上一寸一寸地移动，看不同器皿间颜色的微妙差异，看花卉枯败、慢慢皱缩。他寻找着某种平衡，它们在等待中自然呈现。

三

法国诗人雅各泰以《朝圣者的碗钵》来命名莫兰迪画作带给他的八次沉思，“他一生专注，如僧侣；如他们一般，与尘世隔绝”——莫兰迪以隔绝的方式去接近这个世界，接近一种微茫的、荒原般的意境。从莫兰迪的画作中，我看到一种永恒而专注的气息，如枯山寒水，如野树荒丘。他的“室内静物”是东方艺术家心目中的“山水丘壑”，也是隐者所寻的“无上清凉世界”。

时空绵延，一维延伸，连绵不绝。物之所居的世界远离动荡不安与变化莫测，接近于一个本然、无为的世界。莫兰迪之前，静物画的创作者大都关注于物的内部之空间关系，比如夏尔丹，比如塞尚。而莫兰迪注重的是物的内部与人的内部之交互、沟通。当观者的目光在画布之上流连，好似进入安静、邈远的时空深处，并由此感知那个遥远的意大利北部城市，画家所置身的博洛尼亚美术学院，油彩斑驳的画室内部，木质地板上的灰尘以及百叶窗外摇荡的树影。想象中的风景通过画面进入观者的大脑，在身体内部激起回响。很多时候，艺术家对创作对象的感知和寻觅，已然接近僧侣的修行及证悟过程。

如果以道路作比，莫兰迪画作是荒草丛生中的灰白色小径，幽僻、安静，不为人知。而罗斯科的画作，则是通衢大道，庄严、强烈，给人震撼。莫兰迪的画作若是大尺寸，占据整个墙面，观者满目都是，则让人逃无可逃。事实上，那些布满尘埃的静物，微不足道，很容易被观者的目光忽略。然而一旦看见，眼前忽然天地敞亮，宇宙洞开。在尘世的杳杳冥冥中，乍然打了一个照面，变成一场遇见。

画面中，那些光其实是半隐匿的，在物的内部或物与背景之间，隐隐照出人世的光景，不是全然明耀照彻天地与众生；甚至，静物与背景浑然一体，难分彼此。不突兀，不显露——这既是莫兰迪的色彩观，也是其通往安宁之道。分身即分心。所有静笃的生命都有一处独属的场域，莫兰迪也不例外。他是凿破鸿蒙的人，也是开天辟地者。他站在静物那一边，同时也站在尘埃漫天的人世之间，于他而言这两者并无本质区别。他的生命在“看”与“见”之间频繁切换，所

静物／乔治·莫兰迪

看不一定落到所见上。所有艺术家都是从“看”过渡到“见”，“看”是青枝绿叶、似锦繁花，“见”才是最终的果实与完成。

碗与钵也是现代诗人兼画家杨键的创作物象，除此之外，他还画悬空、不沾尘泥的芒鞋。芒鞋、碗与钵在杨键那里并不是单纯的作画素材，而是“俯仰于天地之间”的生命体验。诗人庞培在《碗和钵》一书里曾写道：“杨键画钵，事关性命；杨键画碗，是在招魂。”此句也可作为参悟莫兰迪之语，言语有终了之处，唯此间气氛可延宕、长存下去，就如画作中那氤氲的气息，冲淡而神秘。

四

顾随讲陶渊明诗时，认为陶诗平凡而神秘，盖为文学之最高境界；并说“陶诗之冲澹，其白如日光七色，合而为白，简单而神秘”，以为神秘并非艰深，更不是故弄玄虚，而在于“日用而不知”。

关于“神秘”，我的理解是它不在古奥、怪异的措辞上，而在于存在本身。一个写作者面对书写对象，倾以专注之力，既热烈、敏锐，又处之泰然，向着对象交付己身，袒露自我。这交付和袒露的过程，这邃密、微妙的始末，便是“神秘”得以产生的根本和土壤。可见，“神秘”不是人为制造的东西，它是存在本身的舍利或幽灵。

从莫兰迪画作中，我也感受到某种神秘氤氲的气息，它来自日常物品，来自艺术家幽微、深邃的洞察力。物为平常之物，色彩敷设也趋于平淡一类，使用的也多为相近或同一色系。便是这些平常的、处于无言之境和缄默状态的物品，给人无尽的深邃感。这里的神秘不在于物体本身所携带的异域色彩，比如高更笔下的塔希提岛风物，或通过别的灵异视角来摄取。显然，莫兰迪画作中并无任何猎奇成分，但它们整个地流露出神秘氤氲的气息，就像林间雾气，像沃恩·威廉斯的《绿袖子幻想曲》，将构图、着色、物体都笼在一处，诉说着一个让人迷醉的事实。

《现代诗歌的结构》一书中，作者谈到了诗人马拉美的神秘性。和莫兰迪一样，马拉美的一生也遵循着普通市民的生活轨迹，过着风平浪静、平淡如水的生活。他在抒情诗中所使用的实物也都是日常生活中极其普通的物件，比如镜面、花瓶、扇子等。值得一说的是，在马拉美的诗歌中，这些实物被去除物性，移置为不在场者，变成一种不可见的强烈情感的载体；那种强烈的情感也进入物体本身，以至于普通事物完全被神秘所笼罩，“马拉美没有通过概念，而是将绝对存在，将虚无深深刻印在最普通的实物中，让那些实物在我们面前变得谜一般神秘，他就在熟悉之物上呈现适于其本质的隐秘性”。

尽管绘画与诗歌有其不同的属性和载体，但费里德里希对马拉美式神秘性的阐释，似乎也可用于理解莫兰迪的画作。尤其是其中所提到的“强烈情感”“将虚无深深刻印在最普

静物／乔治·莫兰迪

通的实物中”，这些话语冥冥中让我感到画家是以一种强烈的情感去呈现置物架上的普通物体——它们被创作者以科学家的虔敬之心孜孜不倦地研究过，却出之于艺术家的“漫不经心”。

莫兰迪的静物不是易于腐烂的水果、转瞬即逝的鲜花，而是普通家庭里随处可见并长久存在下去的瓶瓶罐罐，从造物主创造出它们的那一刻起，便不轻易改变。它不叙事、不抒情，却有强烈的戏剧性，是艺术家心灵的直观外现。难怪画家要花上大量时间去研究它们的出场方式，并不惜反复修正。任何可称之为伟大的精神发现，都有一个漫长、曲折且无法被解释的过程。

卡拉瓦乔的《水果篮》被认为是美术史上第一幅真正意义上的静物画。追溯静物画的历史，那些乐器、鲜花、沙漏、时针或头骨，通常因含有某种象征意义而被选中。保罗·塞尚的出现使得这一切发生改变，他让无象征意义的苹果进入静物行列。塞尚改变了苹果的观看方式，它们唤起观者情感中与苹果毫不相干的体验。

塞尚之于莫兰迪是一场漫长而艰难的学习之旅，就像现实与艺术之间的紧张关系，唯有这种紧张才能将艺术家的观察与创造连接起来，将一个疏离的、静观的空间呈现在画布之上。某种意义上，“神秘”不是事先约定的道路，更不是指示牌，而是经各方提炼最终成形的“结晶体”。

五

关于艺术创作，时人总强调深入生活，这并没有错。问题在于何谓生活，深入谁的生活？每个活生生的个体都有自己的体验，并不断体验下去，直到生命终止的那一刻。在艺术家那里，深入生活并非以目不暇接之势去占有更多、更琳琅满目的素材，重要的是观看之道。就像圣维克多山之于塞尚，他日复一日地打量着同一座山脉，并在不同时间里一再画下它。在反复地观看和创作实践中，塞尚寻找帷幕背后的结构，那便是他以不屈不挠的意志所探寻到的真实。

艺术家所谓的深入生活，不过是深入对真实的理解，给强烈的情感寻找一个恰切的形式，寻找一种结构和秩序感，“给我们的自然一种造型的意识”。通过塞尚，我们知道改变物体的色彩，就是改变它的结构。同样，在莫兰迪身上，我们也看到与塞尚一样坚定不移的“深入”能力。

不知从何时起，对比强烈的色块被莫兰迪从画面中移出，代之以温和、宁静的色调，这既是删繁就简、返璞归真的过程，更是观看方式的转变。观看者津津乐道的莫兰迪色系中的“灰调”，便是来自他对日常生活之物的体验与感受。莫兰迪在观看教堂壁画时，被一种暗淡而内敛的美感所吸引。昏暗空间里的壁画，其色彩的纯度与饱和度都被时间无情地稀释掉，呈现为一种泛白变淡的灰色调，并与内层颜色形成不同灰度的对比；一旦获得明亮光线的照耀，它们又呈现出某种神秘、

静物／乔治·莫兰迪

典雅的气息。

由教堂壁画到画室里的静物，莫兰迪的日常视觉发生了某种变化。他有意无意地拉开自己与静物的距离，让它们变得遥远、模糊，成为某种静观的风景以及沉思的对象。这种色彩间的层次、隐含的张力以及节奏感，改变了画面结构，也改变了整个观看方式。

如今，莫兰迪色风靡全球，却很少有人了解色彩背后艺术家的心理真相。当年，在获得一些奖项后，家乡的媒体上门采访，莫兰迪显得惶恐不安。他对他们说："我送你们一幅画……以后能不能别来采访我。"之后，他的身影再没有出现在媒体上。他害怕被关注，不想成为公众谈论的话题，更不想自己的生活被扰乱和改变——无论是赞誉还是批评，都只会让他不安。

离群索居是莫兰迪深入生活的另一种方式。当一个艺术家决定远离喧嚣的生活，在持续的寂静中将自己彻底隐藏起来，便真正走上一条探索之路。

一切创作都是"深入"结出的果实，深入时间和寂静的内部，以音乐和雕塑的方式去思考绘画问题，以色彩实现深度，表达深度中的所有不安与变化。那些处于同一序列中的色彩——灰黄、雾蓝、烟粉、豆绿、冷咖，不动声色地呈现画面深处的秩序，也展示存在其中的荒寒与质朴。

六

从莫兰迪画作中，我看到一个万物皆空、心灰意冷的世界，一种绝然的寂静弥散在画布每个一角落。就像一个人去楼空的房间，安放过临终者的床榻上堆积着日益厚积的尘灰，逝者使用过的桌子的裂隙正在加深，作为曾经的日常必需品——杯子、碗碟等物品表面釉彩暗淡，光泽尽失，再也不能用来盛放什么。一个没有温度的空间，唯一的亮光来自窗帘缝隙里透进的光。法国诗人伊夫·博纳富瓦以“像是黎明时发现了一座庙宇”来描述莫兰迪画作带给他的隐秘感受。

童年时，在故乡的荒野和山坡上，我看见过一些孤零零矗立的庙宇，内里墙壁烟熏火燎，透露出荒凉的气息，偶像已被捣毁，除了密布的蛛网与堆积的灰尘，几乎空空如也。但在流浪汉、夜行者以及失魂落魄者心中，它不是荒野，而是庇护所。在庙宇内部，有火焰舔舐过的痕迹，食物被潦草地烹煮过的痕迹，以及居无定所者留下的惶恐不安。每次路过那种地方，或因为避雨不得不进入其中，总希望快点逃离出去，尤其是当看到衣不蔽体者和饥肠辘辘者留下的涂鸦，好似看到另一个自己在人世的求助讯息。

莫兰迪的画作向我们显露出“庙宇”的存在。当恐惧降临时，还有隐隐的慰藉同时到来，宛如冬日拂晓时分的光芒。莫兰迪绝然沉静的画作背后，分明透露出创作者的紧张和如履薄冰。这是我事先没有料到的。可如此不正证明这世上虽然有绝然沉静的绘画，却不存在心如止水的创造者吗？

很多时候，我感到莫兰迪画作中所透露出的贫乏、慌乱与无能为力，这不仅属于莫兰迪，更是我们这个时代广大人群的处境。人们走出各自的屋子，不再有大把时间沉思，不再对着毫无用途的物体冥思苦想，一探究竟。

莫兰迪试图给不可企及之物以形状、颜色和洞察力，以此显示出一种可能性，一种深切的希望。不想那模糊的物之轮廓和简约宁静之配色，成为后世人们追捧的对象。人群所追逐的向来是最容易被追逐的部分，家居服饰的从业者成了拙劣的模仿者，因为不再有沉思默想的习惯，从而也丧失了分寸感和精确度。他们可以对莫兰迪的配色欢呼雀跃，却无法感受其中幽微颤抖的笔触以及阴影重叠的空间背后所蕴藏的力量。

致无尽空间

——裸体艺术与常玉画作

女体

裸体艺术一向致力于对空间坐标的寻找。那些褪去衣物的身体，自诞生之日起，便开始艰苦卓绝的自我探寻之旅，让人想起古希腊神话中奥德修斯的还乡之旅。女神维纳斯的形象，经过贝利尼、波提切利、提香及安格尔等人之手，逐渐嬗变成不同时期的符号，一个让人腻味的符号。

十九世纪下半叶，裸体画家们准备将维纳斯搬出古希腊小庙，搬离喧腾的海边和幽静的密林，搬到众人谈笑风生之地。一八六三年，印象派画家爱德华·马奈画了一幅名为《草地上的午餐》的布面油画。在这幅作品里，马奈第一次让裸女和衣冠楚楚的绅士席地而坐。这不是神话里的场景，也非现实中的特殊场景。画家表现的是日常生活中最普通的郊游主题，不同的是，这一次，马奈让拉斐尔的女神和乔尔乔内的仙女成了女模特，其中一个全裸，另一个半裸。

这一幅裸体画，最终引来轩然大波。

十六世纪的人可以接受神话里的裸体出现在画布上，到了十九世纪下半叶，人们的接受尺度依然徘徊在几个世纪之前。但这幅画成了分水岭，裸女走下神话的祭坛，走出密闭空间，来到日常生活中。

之后，马奈又画出《奥林匹亚》。这一次，他以“妓女”取代“维纳斯”，并且以希腊神话中的名山“奥林匹亚”来命名。从马奈开始，传统的观看方式被颠覆了，他将裸女置身于尘世的环境中，抛弃了由文艺复兴时期的艺术家们所建立的空间幻觉。

当裸体艺术的接力棒传到保罗·高更手中，新情况随之出现。高更画布上的女神从来就不是高贵、典雅的维纳斯，也不是城市里的女模特，而是伊甸园里的夏娃。为了给他的夏娃找寻一个最好的伊甸园，后印象派画家、荒野生活的热爱者保罗·高更带着回到人类童年的想法，去了塔希提。

在那里，他遇见塔希提的女人、塔希提的风物。他将那些色块一手抓住，掷在画布上，试图将它们永久地凝固住。在高更眼里，塔希提的精髓就在于那一个个身体，他以自己的方式让它们“变形”，赋予它们尊严、自足和神秘。从此，高更笔下的夏娃开始置身于岛屿、棕榈树、葡萄藤以及热带的安宁与忧郁之中，而不是被沙龙里的丝绸、天鹅绒所包裹。

当时间行进至二十世纪上半叶，马奈和高更的困境不再是困境，巴黎画派的画家们不必再面对神圣庄严的宗教场景与历史场景，甚至日常表达也成为一个陈旧的话题。艺术家们要处理的是身体与自我的关系。意大利的莫迪利亚尼以将身体“变形”的方式完成了对自我的审视，法国的巴尔蒂斯擅长描绘少女僵硬而静止的身体，画面中充满不祥之兆。而中国画家常玉，擅于用极简的线条和造型，勾勒出裸女的形貌，朴素而梦幻。常玉的人体画蕴藏着一种旋律，即使剔除色彩、构图等因素，那种统合性、流动性的东西始终存在，就像大地之上冉冉升起的雾霭。

常玉很少正面描摹人的脸部，那作为人体画中最具有辨识度的部分，被他有意无意地忽略掉了。他画女体的轮廓、背部、侧面或臀部，以准确、充满力量的线条，勾勒出人体疆域。线条以内，全是他的国土。

简洁并非是一味简省的结果，而是高度浓缩、提炼和萃取的产物。那些横向构图的裸女画，重要的不是色彩、线条，而是结构。画面中水平线的设置，以及特意减弱的色彩对比，模糊了抽象和具象的边界，形成了常玉式的梦幻风格。这里的梦幻不是唯美、离奇和空妄，也不是对现实的纠正，而是补充，或者是削减。

常玉让他的女体始终处于悬浮状态，悬浮是它的坐标和生存状态，它们不在大地上，而在回忆的荒野里。

巴黎

这是一座充满梦幻色彩的城市，长年居住着艺术家、诗人、传教士、冒险家、流浪汉、罪犯等，所有人都能在此寻得一席之地。

一九二〇年，中国画家常玉来到巴黎的蒙帕纳斯。一年之后的秋天，在美国芝加哥郊区出生的海明威，带着他的第一任妻子哈德莉也来到巴黎。而早在二十年前，十九岁的毕加索就从西班牙启程前往巴黎。

在电影《午夜巴黎》里，一个叫吉尔的美国作家来到二〇〇一年的巴黎，并穿越回到二十世纪二十年代的巴黎，在那里，他见到海明威、毕加索、菲茨杰拉德、达利和斯坦因，并爱上毕加索和莫迪利亚尼的情人阿德里亚娜。

透过伍迪·艾伦的镜头，我们看到二十世纪二十年代甜蜜而疯狂的巴黎，香槟色的塞纳河，湿漉漉的巴黎街头，迷人的爵士乐，酒吧里的邂逅。那座梦幻之城里上演着一场场欢乐的派对，人群往来，短暂的相逢之后，很快便不复相识。这是“流动的盛宴”，人们不分昼夜、酣畅淋漓地醉饮，威士忌、葡萄酒、啤酒，哪怕是苹果汁都可以。那个城里，只有两种人：微醺的人与烂醉如泥者，这一切似乎不取决于他们与巴黎的距离，而是与酒精的距离。

当年，维克多·雨果被迫流亡至格尼塞岛，被人问及是否会怀念巴黎时，背井离乡的雨果沉思片刻后说，巴黎只是个概念。

巴黎更是一个不断敞开的空间。门扇开启，外来者陆续进入其中。它是所有城市的模板，但别的城市绝不可能通过模仿成为巴黎。没有哪座城市可以给人提供那种空间，让商人、艺术家、罪犯和传教士都能隐身其中的空间，一个让时间变得模糊的空间。它不仅是有形的实体，有公寓、街道、广场，有酒吧、咖啡馆、旅店、剧院，还是人们头脑里无形的意念和风暴。

外省人离开故乡，抛开熟悉的道路，来到巴黎的林荫道上。他们走在塞纳河畔，走进花神咖啡馆。在巴黎的日子，他们依然活着，却好像从这个世上消失了般音讯全无。巴黎让他们短暂地遗忘了时间的存在，好似烂柯山上看仙人下棋的樵夫，时间流逝，人事更迭，他仍站在那里——站在一个抽离了时间的空间里——樵夫站在山上，而那些人走在巴黎的街道上。

巴尔扎克说过，一个人若是天才，在巴黎街头溜达时，他只需看上一眼，便能立刻识别出来。

巴黎就是这样的地方，在那里与不在那里的人都会谈论它，好像人们谈论的并不是一座城市，而是所有城市、所有空间的总和。

空间与搁置

初到巴黎的常玉，在大茅屋画室用毛笔画人体速写，这一画便是十年。经过这十年观看与技艺的训练，常玉的眼光和手法逐渐练成，对人体各部位熟稔至极，自此开始裸体油画的创作。

常玉为这些裸露的身体创设了一个另类空间，一个不标明具体位置、没有固定地盘的空间，一个无法被归纳和辨识的空间。他以对时间的极度敏感，取消了空间的特性。在那些画面中，没有具体物品的摆放，没有处于生长或衰落中的事物。因此，常玉的空间是一个极度抽象化的空间，它们彼此连通，通向某个隐秘的地方，通向过去的生活。那些生活没有被封存起来，仍像泉水一样汩汩流淌着。

常玉将音乐的感受融入其中。画面里回荡着静默的旋律，充斥着不安、困顿、茫然无措。粉红色的人体，或站或躺，姿态各异。有单个裸体，也有裸体群像。那些身体所在的地方，或是一块块充满装饰意味的毯子、花布，或是一道道与身体相近或相异的色块，或是一把孤零零的椅子，或在抽象的沙滩上、月夜里，有的干脆位于一处白色虚空中。室内或室外，都有可能，但不确切。

法国哲学家米歇尔·福柯发明了一个叫“异托邦”的词，他把墓地、博物馆、图书馆、军营、监狱等地，都归于“异托邦”范畴。无疑，“异托邦”是一个另类空间，它是对日常生活

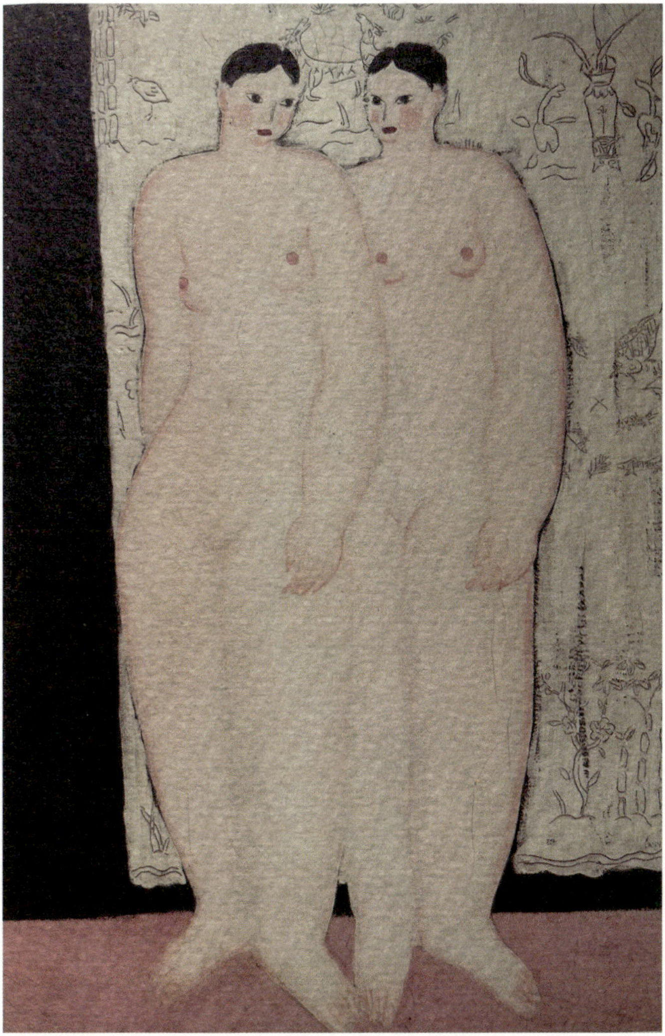

帘前双姝／常玉

空间之外另一空间的想象和补充。米歇尔·福柯还提到“船”，作为漂浮空间的一部分，它自我封闭，又自给自足。它在前进，一刻不停地将自己投入茫茫大海之中，从一个港口到另一个港口；可相对于封闭空间里的人，它又是静止的。

常玉的画作也给人强烈的静止感，好似所有的流动业已完成，再没有什么理由促使生活在其中的人去获得自己的位置。在那里，人的一生既可以猝然终止，也可以夜以继日、循环往复地流淌下去。

画面中，裸体所置身的空间及里面的陈设，不是被省略或简化，而是被彻底地虚化。就像中国舞台上的表演艺术，不设置逼真的布景，只以抽象的道具呈现——因为戏曲的布景都在演员身上，他们以强烈的、充满剧烈变化的肢体语言，阐释着故事情节的发展。

毋庸置疑，这些裸露的身体都来自一个叫中国的古老国度。毯子、布匹上装饰着吉祥符号与图案，它们是长寿纹、钱纹、历朝清供、鲤鱼、鹿、梅花、麒麟神兽、塔楼等。这些符号和图案，时有时无，若断若续，却始终环绕在身体周边，表明它们的身份，或者暗示隐秘的来处；它们又如画面中的背景音乐，重复而压抑地流淌着，充斥着属于巴黎的旋律。那些裸女群像，或站或躺，相互构成身体轮廓，头脚勾叠，彼此依存，虚实相生。

徐志摩在《巴黎的鳞爪》里写道：“那肉的浪纹就好比是——实在是无可比——你梦里听着的音乐：不可信的轻柔，不可信的匀净，不可信的韵味。”

常玉近乎静态的画面，传达出一种飘忽、不可捉摸的情绪，迷离而恍惚的情欲。他赞美虚空及一切轻盈的事物。他笔下的女体，给人浩荡而无所畏惧的孤独感，它们不在时间的无常流转中，而是处于亘古不变的空间里。

在此，我想到一个词语——搁置。

人们通常将不知道该如何处置的物件放置一旁，静静等待。常玉笔下的女体似乎也是如此被“搁置”在时空深处，当观看者的目光无意中触碰到，惶惑与不安也随之而来，好似经年的伤口虽已愈合，身体对疼痛的记忆却依然存在。

常玉深谙中国传统文化精髓，擅于处理虚实关系。中国古代绘画和雕刻艺术中，汉代的画像石和画像砖无疑是其中的杰作。从石头上长出的人像、神像和动物像，删略了背景渲染和刻画，呈现出脱离物质形态的优美与飘逸。

常玉将人类的情欲安置在一个虚空而恍惚的背景里，这个背景不是一无所有，而是计白当黑，包含了更多可能。这是他对人体绘画所作的贡献，就如高更将巴黎沙龙里的维纳斯转移到蛮荒的塔希提。在“异化”的背景中，常玉画布上的裸女也不同程度地呈“变形”状态，好像那不是画家本人的意愿，而是画面表达的需要，比如她们的脚呈鳍状，手为梳齿形，脸部表情模糊，缺乏细节描绘，常以独眼视人；身体比例突兀，头很小，髋部很大，腿形粗壮，被徐志摩戏称为“宇宙大腿”。

这样的场景和身体，既不是东方的，也不是巴黎的。这样的“人体乐园”只能由常玉自己建造，现实中并没有这样的身体、这样的场景，他只好自己创造一个。这些身体好像只适合在裸露的状态下观看，它不会引发任何的羞耻和罪恶感，那是一些模糊的、神秘的身体，在一无所知的背景里，安静地躺卧着，完全放弃对现实世界的表现。常玉想要表现的是很久以前的事，那是一种回忆、一种震颤——来自遥远身体内部的共鸣。

这就是常玉，他经历过最好的年代，与最高尚的灵魂交谈过，也经历过困窘、饥饿、身无分文。海明威在《流动的盛宴》里这样描写过饥饿："在巴黎，你如果吃得不够饱，就会感到饥肠辘辘，所有的面包房在橱窗里摆着那样好的东西，而人们在外面人行道上的桌边吃喝，因此你既能看到又能闻到食物。"

深夜灯下翻看常玉的画册，看他所描摹的身体，它们很像他自己在人世的遭遇。

乡愁

因为对遥远的、不可抵达之空间的怀念，他开始一步步、一天天地去往那里，他所有的努力就是为了回到那里。

晚年的常玉开始绘制动物图谱，画豹子、猫、斑马，画长颈鹿、小象、乌鸦。它们奔跑在遥远的大地上，在故国的旷野、森林和荒漠里。它们奔跑在月光下、池塘边。他画奔跑的形状和色块，画深红色的大地和黑蓝色的夜晚。他还画风景，那是动物们随时可能出没的地方。他在画布上等待它们的到来。月光下，池塘涨满春水。棕红色的土地流淌着酒液的色泽。大地被愈来愈多的深红、墨绿、红棕和明黄所占据，那是一个丰饶、宁静、肃穆的世界。他的乡愁就埋藏在那里，那是手指的语言，也是布面上的音乐。

风景里的动物总是很小，小得随时可能消失。它们不仅形体瘦小，还很孤单，好像走失在时间的长河里。为了找到它们，他去往异乡，并永远留在那里。他的作品便在对遥远故土的回忆中产生。一再重复的题材，不断翻新和扩充，只为了回忆和唤醒。他从未刻意寻找作画素材，它们都是现成的，那些女体、花卉、动物和风景也都是现成的，在他的回忆与渴盼中。他所做的不过是唤出它们，给它们一个空间。他一直致力于那个空间的建造，不断地变换和扩充，直到它们自成一体，无可增减。

生命中的最后几年，常玉画了一些梅枝，运笔老辣、苍劲。粗壮、黝黑的枝条，铁一般冷硬，且枝丫交叉，几乎撑满整个画面。白色的、红色的花瓣，像米粒，像嫩芽，稀疏地缀在枝上。黑铁般的枝条间隙，透出明亮的新绿、柠檬黄和赭黄，一个自足、完满、向内的世界昭然可见。

常玉也画盆景，那些色彩艳丽的花卉，花团锦簇，生长在局促的空间里，“头重脚轻”，有随时可能萎谢之感，但一种促使其平稳的力量始终存在。所有这些空间里发生的事情，并不总是平静的。

蜡梅／常玉

早年，他的人体和静物还处于悬浮状态，沐浴在白色、粉色的雾霭里，显得轻逸、恍惚而超脱。后来，那些人体的轮廓线被加粗了，无端地重起来，肉身厚沉，却不是一味地往下沉坠。金陵八大家之一的龚贤，晚年“黑龚”时期积墨渲染，浓密苍茫，神致大于形态。常玉也是如此，从粉色到黑色，不全是人生际遇使然，他只是一步步向着那终极走去，去接近它。里尔克写罗丹时说，罗丹的内心始终存有一种无言的静谧给他指出智慧之路。巴黎的最后岁月，年龄、身份、职业，甚至故土，之于常玉，都不存在了。他遗忘了一切。他只是一个手握画笔的人。除了风拂过脸颊的声音，他什么也听不见，什么也不知道。

一只孤单的小象立在蛮荒的沙地里，好似从无尽的金黄色的时空深处奔突、跳跃而来。他丢开画笔，走进去，走到那小象所置身的空间里，走入那永生的金色的光芒之中。

无限深渊的入口

——读马克·罗斯科的画

一

最后的日子里，马克·罗斯科把作品画得非常大，足有三米高，他认为观众观看此类画作的理想距离是四十五厘米。由此想象那个场景：扑面而来的色块使得观者置身于某个内部空间里，就像进入一间纯粹的、空无一物的屋子。至此，观者不再是旁观者，而成为命运旅途中的休戚相关者；观看本身也不再是轻巧的、事不关己的行为，而是险象环生之旅。“被迫全然沉入其作品”，宛如进入一个特殊空间，隧道连接隧道，洞穴内部有更深的洞穴，既是深渊，也是禁地。

观者必须拥有进入某处禁地的勇气，才能获得生命极致的体验。创作者何尝不是如此，那些稀薄、晦涩的块面，边缘模糊的矩形堆叠，以及所有画面中的扩张与收缩，都在指向一个强烈的、反常的、冲突的戏剧世界，“它们隐含着画家的欲望、恐惧，以及精神的渴慕”。

马克·罗斯科所做的一切只为接近，接近古老神话的形式，接近精神意义上的澄澈和透明，接近一条河流的上游。罗斯科从尼罗河、美索不达米亚、爱琴海，从图腾崇拜、黑人雕刻和古希腊晚霞中获得启示，还从战争和大屠杀中寻找属于这个时代的精神样貌。画布上堆叠的、处于漂浮状态的矩形以及朦胧柔和的边缘，便是隶属于我们这个时代的怪兽形象和变形记，就像卡夫卡的甲虫和达里厄塞克的母猪女郎，哪怕它们怪异、畸形、东倒西歪，与美绝缘。

罗斯科被视为二十世纪最伟大的抽象派画家之一。画家本人却认为，他画的绝不是什么抽象作品——如果抽象仅仅是指几何色块的话。罗斯科作品的崇拜者与迷恋者渴盼画家现身说法，以此领到通往神秘之城的钥匙，但他对此绝口不提。即使在一本叫《艺术家的真实》的理论书里，罗斯科谈到夏尔丹、莫奈、塞尚等人，对诸多同行的工作都作出恰如其分、条分缕析的阐述，唯独将自身隐藏起来，连艺术家自述之类的文字都少得可怜。

评论者因此深感不安，他们想到蒙德里安，后者创作了著名的《红黄蓝构图》，会不会与罗斯科存在某种隐秘的联系。对此，罗斯科反应激烈，拒绝做任何比较。他客气地说蒙德里安只是切割画布，而他则致力于色彩新领域的探索。其实，他很想说蒙德里安什么也不是，他本人才是真正的艺术家。罗斯科就像一个暴躁易怒的孩童，时刻准备着为自己的艺术作声嘶力竭的辩护，又拒绝作出任何阐释。他早期作品中还有便于区别的标题，比如《蓝色的云》《深红中的黑色》等，后来干脆统统命名为“无题”。

《艺术家的真实》写于“漂浮的矩形”诞生之前，完成后被束之高阁，直到画家去世十几年后被偶然发现，搁置数年才出版面世。当年，罗斯科特意停下创作的步伐，以一年时间去写作此书。但没有任何迹象表明，这些文字与后来“漂浮的矩形”“柔和的边缘线”之间存在着某种程度的逻辑关系，甚至连隐约的“预见”都没有在书中出现。这让研究罗斯科绘画的专业评论家和普通迷恋者都深感不满，甚至有人认为这是画家故意神秘化的伎俩。

我的理解是，此书的写作并没能解决罗斯科的问题，就像写作中出现的问题绝不可能通过“创作谈”来解决。而且，从来就不存在什么最终的解决之道。这一点，想必罗斯科在完成该书的手稿后，便已明了。此后便注定是为神庙画像的人，开启他庄严、静穆、无边无际的沉思之旅，这也是罗斯科在死亡之地的考古之旅。我无数次思考什么是解读罗斯科艺术的关键词，最终发现根本没有这样的东西存在，就像后人无法诠释他对自身生命的厌倦。这个世上有太多的谜，而死亡可能是其中最沉重、最缥缈的一个。最终，罗斯科自杀而亡。他将自己杀死在工作间的浴室里。他倒在血泊之中，两只手腕都被割破，身旁是一把染血的剃须刀。血管里流出的血很快凝固了，就像画布上凝聚的红，那些深红、橘红、洋红、栗子红以及红上的蓝色、黄色、青色，都化作缤纷的碎片，化作戏剧舞台上的悬浮物，随时间终结，随晚风而逝。

深红中的黑色／马克·罗斯科

二

经历过二战、奥斯维辛集中营及原子弹爆炸的艺术家，再也不可能像古希腊同行那样绘制赤裸、匀称、健壮等一切被称为美之化身的人物形象。艺术家在寻找全新的表达。或许，雕塑家贾科梅蒂的经历可以为此提供某种诠释。那是一九四六年的某一天，二战刚刚结束不久，贾科梅蒂坐在巴黎蒙帕纳斯的电影院里，忽然发现屏幕上的脸孔不再是脸孔，而变成黑白符号，丧失所有意义。他不再注视屏幕，转而观察起坐在身边的人，他们在他眼中更是发生了惊人的变化，变成完全未知的视像。这是一个神奇的时刻。这一次偶然的观影体验，让艺术家经历了个人经验史上的“分裂时刻”。

“未知的一切变成了我身边的现实，而屏幕上的一切则什么也不是……现实完全改变了……它们从未出现过，它们是彻彻底底的未知物，它们是神奇之物。蒙帕纳斯的大街就和《一千零一夜》一样美丽，一样梦幻，一样销魂！”

从此之后，这位“白天工作，夜里将工作成果倒入塞纳河”的雕塑家，开始了疯狂的创作之旅。那些作品不再是“高贵的单纯，静穆的伟大”，它们高挑、畸形、灰暗、独特，好像来自一个世纪大火炉，是焚烧后的残留物；但它们“美得像一枚指针”，既坚硬又轻盈，既颓败又神采奕奕。正如法国作家让·热内所说，贾科梅蒂的人像是这个破碎世界的荣耀，它们建立在与众多死者交换过美、孤独和伤痛的基础之上。

与贾科梅蒂一样，马克·罗斯科也在寻找一种全新的情感表达方式，它纯粹、饱含力量，同时也是猛烈的、激进的。他要做的便是在生命与绘画之间重新建立联系，这种联系一度被战争和大屠杀中断，甚至摧毁，他有责任找到它们；不是陈旧过时的联系，而是全新的，让人想到一切伟大的悲剧。罗斯科对一切形式的悲剧情有独钟。

BBC 纪录片《艺术的力量》第八集里，马克·罗斯科穿着条纹衬衫，戴着高度近视眼镜，大部分时间都在画室里抽烟。那个画室显得阔大而昏暗，高过人身的画作竖立在墙边，给人肃穆感。每每画家在镜头前说话或沉思时，都有烟雾在他脸庞及周遭弥漫，好像画家在不断吞吐着一些带气雾状的东西。苦思冥想中的人试图拨开纷繁杂乱的思绪，找到伟大构思中的每一个部件。

马蒂斯的《红色画室》给深陷色彩囹圄中的罗斯科带来某种启示。神奇而天真的马蒂斯从遥远的地方引来一条色彩之河，它们就像漫无目的的时间和不受约束的空间到处流淌，所到之处，画室里所有物体均染上红色汁液，画作不再有中心，因为所有物体都是中心。色彩不再是物体性状和轮廓的分界线，它们融为一个整体，随心所欲，可以与任何物质共存、共舞。色彩在马蒂斯那里获得释放，好像有一双无形之手将陈旧的经验捣毁、揉碎，化为乌有。色彩与物体属性分开，成为一种经验性的色彩，与物体本性无关，与创作者的精神状态息息相关。

看过这间浸泡在红色颜料之中的小屋后，罗斯科似乎看

红色画室／亨利·马蒂斯

见了某种可能性。不仅仅是色彩，任何物质的属性都可以获得释放。他还意识到当色彩的使用强烈到一定程度，会产生一种罕见的驱动力，近乎原始，又凌驾于一切线条、构图之上。马蒂斯的劳作让罗斯科感到兴奋，好似夜行人看到微弱亮光。但罗斯科没有依循马蒂斯开辟的道路行进，他有自己的道路要走，他不是寻找此刻的路，而是一条通往永恒的路。

很多年，罗斯科过着简朴的、近乎拮据的生活，厌恶一切奢靡和浪费。当年，他雄心勃勃地为纽约城顶级豪华的餐厅—四季餐厅作画，只是为了让它们在饕餮者上方发出微光，吞噬他们，让他们胃口尽丧。罗斯科想通过艺术完成对人心的拯救，尤其是人们在觥筹交错、春风得意之时。

画作即将完成时，他带着家人去了四季餐厅。建筑富丽堂皇、金碧辉煌，往来食客衣香鬓影、光彩照人，镏金菜单上印着贵到令人咋舌的菜价，这一切都让罗斯科出离愤怒。他悲哀地意识到在那里进食的人根本不会注意他的画作，它们只是可有可无的装饰品，与一面色彩斑斓、装饰考究的墙壁无异。在富豪和无灵魂的食客眼里，艺术家的生命与信念根本不值一提。他感受到羞辱，毅然退回高额订金，重新回到生活的捉襟见肘里。

罗斯科被视为一个暴躁易怒的艺术家，他既是精神领域的披荆斩棘者，也是现实世界里的屡屡碰壁者。他庞大的身躯一直向着死亡的边缘倾斜，对人类悲剧命运的感同身受，让他找到强烈的色块和柔和模糊的边缘线。一个人就算从来没有看过什么画，也不了解何谓艺术，在罗斯科的画作面前大概也会受到震动——但凡他在长夜里痛哭过，对人之为人最深层的痛苦、最微妙的情绪了然于心，就不会无动于衷。

一种崭新的艺术就此诞生，它脱离人物和事件，形体与构图只以几个排列的矩形色块和有限的色彩来安排时间与空间的关系。那里有人类情感中最强烈的狂喜与最深沉的悲哀，它囊括了世间万物的情感。

任何观看者一旦在这样的画作前伫立数小时，他的世界就会发生翻天覆地的变化，生命的悲喜通过汹涌的画布源源不断地涌来。人们或流泪哭泣或心灰意冷，一切情绪情感都被渲染强化，又一一复归至平和、安宁的境地。

未来通道已经开启，人们只需心无旁骛、平静坦然地步入其中。

三

罗斯科的画作每每让我想起日本建筑师安藤忠雄的代表作——光之教堂。建筑师在教堂墙壁上留下一个十字形切口，光线由此射入，借此营造出特殊的光影效果，即光之十字架。这一设计成为教堂建造中的点睛之笔，也是“光之教堂”命名的由来。

在美国休斯敦的圣托马斯大学里，也有一座以罗斯科命名的教堂。那里陈列着艺术家晚年所画的十四幅暗色系壁画，以栗色、黑色和深紫色为主，暗黑矩形，边缘锐利。当年宛如云彩般迷人的边缘线，早已从画家作品中消散无踪。这些最后的作品几乎是沉闷而忧郁的，就像艺术家晚年的处境。所幸中庭有光，宛如瀑布从穹顶垂落，流光四溢。这个建筑很容易让人想起西斯廷大教堂，想起米开朗基罗的《最后的审判》，或许还有法国南部的马蒂斯教堂，尽管后者全然是别样风格，宛如春日午后牧神的笛声，悠扬而寂静。

在 BBC 拍摄的纪录片里，罗斯科提到参观某个中世纪图书馆的楼梯间时，被米开朗基罗的壁画所震撼。那里的门窗都是封闭的，“他们被困在一个房间里……能做的只有拿自己的头去撞墙”，这种封闭的感觉激发了他。这正是他想要带给观众的东西。看到这里，我想到鲁迅的铁屋子，想起里面昏昏沉沉的人们。当年，他写《呐喊》就是为了唤醒中国人。类似的希望大概也存在于为四季餐厅作画的罗斯科身上，他以为艺术可以击溃食欲，给人奋进的力量。罗斯科与鲁迅都置身于共同的荒野里，周遭除了冰冷的墓园、暗夜所散发的蓝光以及夜莺的歌声外，并无可称为优美风景的东西。

摆在罗斯科面前的工作是：如何将光亮彻底隐匿在黑暗之中，就像某个时期山脉完全被云雾所遮蔽，但所有人都知道它们并没有消失。他要表现的是蕴藏着光亮的黑暗，并且以枯槁、冷寂、乏味至极的形式表现它。很多时候，罗斯科根本不知道要抵达何方，但他清醒地知道自己不是走在去郊游或野餐的路上。罗斯科从来不致力于满足观者的眼目之娱，他是大无畏的引领者，以信念之力，将陌生之域变成自我归属之地，吸引更多人进入，获得视觉和精神的双重的庄严面相。

圣托马斯大学里的罗斯科教堂或许就是这样的地方。它是宇宙中心一方即将熄灭的炭石，一块黝黑的磁铁，一处巨大的能量场。人群似铁屑，熙熙攘攘吸附而来，沉默着进入某种类似梦境的空间里。昏暗之极，却有隐隐的火光闪烁，那是观者目光所斫出的光亮。

在我的生命旅程中，只在极少时刻有过类似体验。一次在西部旅行时，傍晚时分行走在荒凉浩瀚的沙漠之上。驼铃远去，夕光暗淡，沙砾金色的边缘也一点点被收走。夜空中忽然射进无数条跳跃的光束，好像来自邈远的外太空，其实是沙地上行走之人所携带的手电筒发出的亮光。人影分散在沙海之中，只有光束穿越时空，在头顶之上交汇往来，好似只要稍一伸手就能抓住那些光亮。另一次在浙南深山里，当地海拔最高的区域，山下已是春深日暖时分，深山之夜竟有细雪飘落，一山之隔已是两个迥然不同的世界，那一瞬间忽然生出异样感，好像此去经年，无论身处何地都能永久地待下去，没有任何分别心。说不出什么缘由，多年来，这两次毫不相干的遭遇总在我心头浮现，冥冥之中与此刻的生活发生某种牵连。

我想，大概是其中流露出的毫无理由的安心与坦然，让我铭记在心。如果时光可以倒流，我最想回到那个深山里的房间，以及日落之后荒凉的沙地上。我只愿在这两处来来回回，看沙漠苍穹里翡翠般的群星，深山野地上草木摇落的露珠，以此度过人世的漫长光阴。

被蓝分割的青／
马克·罗斯科

四

摆在后来者面前的艺术作品，林林总总，蔚为壮观，但都属于永恒的过去完成时。人们无法从中还原整个创作过程，拼贴出精神领域内流过的轨迹。艺术品不是工厂车间里的产品，有固定而翔实的生产步骤；它流动而不可预测，也无迹可寻。一次偶然的失误，甚至一次漫不经心的走神，都可能促使奇迹的诞生。这既属于艺术行业的秘密，也是艺术家本人的纯粹欢乐，更是上天对创作者的奖赏。

当战争进行到最惨烈的年代，当道德领域的危机在世界各地蔓延，作为艺术家的罗斯科却实现了个人创作风格的蜕变。他从地铁及“形而上”主题的创作中脱身而出，走进一个以“矩形”为主导的图像世界，那个世界天马行空，是冒险之旅、直觉之象，更是模糊的集合——罗斯科认为“潜意识代表的并非最远，而是最近的艺术海岸”。

在开启这场冒险之旅前，罗斯科系统性地消除了自身画作中的具象元素，为自己开启了一扇表演之门。他把自身画作描述为“戏剧”，“画中的形状都为表演者而存在”，形状不再是形状本身，与具体可见的经验也无关系，它指向热切的激情、坚毅的自我决断力以及对时代情绪的捕捉。

当代诗人西川曾说过，诗歌不仅要反映时代，更要处理时代。作为艺术家、图像世界的创造者，当面对战争和屠杀，罗斯科敏感地意识到过去熟悉的一切不再能表达这个时代。

因为人们再也不可能像从前那样生活了。一开始，罗斯科选择神话主题，以“鹰”为基本形象，但他很快放弃了。紧接着，模糊重叠的“矩形”以及像羽毛或白云一样柔软的边缘线出现了。那些图像可以说是独一无二的。极度凝练的表达，只以两三个矩形和对称的重叠色块组合而成的画面，却充满平面的张力和难以捕捉的呼吸的律动。

如何在平面实现空间深度，而不是超现实主义画派或立体派所表现的深度，这是罗斯科面临的问题。罗斯科的画面中，色块之间并非区域鲜明、一目了然，而是彼此遮掩，形成朦胧的、不可见的视觉感；而作为背景的色块又忽地涌现出来，宛如突破重重阻力，从深渊之中浮出水面。除了色块和色块之间，以及色块和背景之间存在的张力关系，还有透明的薄纱般的边缘，好似从层叠空间中透出的光，给人强烈的梦幻感。

正如评论家们所言，罗斯科采取的是模糊化的形式，不像蒙德里安和康定斯基那样确定与明晰，但这形式因饱蘸着艺术家的情绪、情感，从而被紧紧黏合在一起。画面也不再是大小矩形的组合，而是各种色块的层叠，它们自身便是一个可触可感的宇宙天地。似乎所有命运的狂热与悲喜都可从中得到印证，正如艺术家自己所言：“一幅画无关体验，它自身就是体验。”

所有风格的演变都来自内心，来自时代经验在人内心的投射。抓住这个时代精神生活的本质，在无穷无尽的喧嚷声中，辨别出那低沉有力又飘忽不定的声响，辨别出那激动人心又出乎意料的部分，便成为艺术家漫长一生的隐秘使命。

五

很难描述翻看罗斯科画册的幽微感受，它让我想起曾经走过的那片绿草地。黄昏暮色中，我出现在那里，不为看风景而来，但我的确走进一个盛大而一去不复返的场景里。随时可消逝的天光，隐约而至的紧迫感，让我感到周遭的青草地好似为我而生，因我而生机勃勃。

那是一种奇异的感觉，虽置身于世界的角落，却好似处于舞台上追光所及之处。一切感受、感知都可得到及时回应，就像将一粒石块掷向湖水表面，瞬间激起涟漪和回声。

这些画作，就像湖水之上激起的涟漪，涟漪里映照出的黄昏微光。它们是神秘难解的启示，既恢宏深邃，又一览无余。观者全然沉浸其中，被它召唤，去往深渊或梦境的深处。

罗斯科用绘画讲述超验现实的体验。它超越时空，无关因果，在一切可能的经验之上，也在可预见的现实逻辑之外。它是假定情境，是艺术家孜孜以求的“戏剧性”，也是流水之上的神话舞台。

一处幽暗、隐秘的洞穴，也是所有时空关系的入口。观者由此可窥见远古以来人类祖先所经历的种种：洪水、山火、战争、兵燹、饥荒，等等，还有无数人影冉冉浮现，他们是阿波罗、雅典娜、普罗米修斯、西西弗斯、阿伽门农，还有哈姆雷特、俄狄浦斯王、麦克白，我们自身踌躇的身影也置身其中。

无题／马克·罗斯科

艺术家所做的貌似只是一点点变形，却引起如此轩然大波。艺术宛如神奇的显影液，让一切可见不可见的都显出迷人的轮廓，显出沉静和孤绝的本质，让人心醉神迷。

还是那次西部之行、沙漠之旅，整个旅程好似都在去往一个荒寒僻静之地，只有风、沙砾与灰蒙错置的时空，只有干涸的河床、昏暗洞穴里的石像、夕晖中摇曳的芨芨草和骆驼刺，好像我们不是为了观看它，而是进入它，在那隔绝的时空里体验一种微妙的气氛，体验风景的原始和壮阔。那是所有风景的总和，从最深沉、最古老的大地上流淌而出，一旦出现，永不消失。

罗斯科的艺术就如那片原始荒寒的风景，一处永恒的旷野，人们只要进入，便会长久地滞留其中。那不仅是风景，更是心灵的剧场，猛烈、炽热的人性试验场。它们紧张压抑、无处不在，犹如死亡嵌入深渊。

舞蹈与絮语

——读亨利·马蒂斯的画

华美、和谐的世界

人称“野兽派”的亨利·马蒂斯却是一名安静的绅士，其欢快的蓝眼睛无论注视什么都充满童稚般的天真与欣悦。其双亲是谷物商人，到巴黎后他一开始接触的是法学，自某次病中拿起画笔后，再也没能放下。据同时代人回忆，这位“野兽派”画家待人接物温和谦逊、彬彬有礼，不像现代派艺术家，倒似严谨细致、老成持重的学院派人士。

他的画作激烈而安定、欢快又静谧，让人兴奋、癫狂、快乐和哭泣。他不像蒙克那样作声嘶力竭的“呐喊”状，也没有达利的怪诞与夸张，他似乎是宁静的，宁静而广阔。可这宁静里有永不满足的渴望，无法浇灭的激情，不可抗拒的暗示，让人想到热气腾腾的原始森林，想到植物世界的蓬勃生机，想到自然美景里永恒的诱惑。但马蒂斯在营造热烈气氛的同时，绝不让人感到喧嚣、躁动。想必只有将绘画当作儿童玩具的人，对客观事物永远保持新鲜感的人，才能将华美与质朴、激烈与温和调配得如此停当。

古希腊神话里有个著名的诗人和歌手叫俄耳甫斯，其父是光明神阿波罗，其母是掌管文艺的缪斯女神卡利俄珀，当俄耳甫斯的音乐响起时，所有忧愁世界里的动植物都沉浸在生命的欢悦之中，连石头和猛兽都变得安静温良、含情脉脉。

马蒂斯大概就是俄耳甫斯这样的人物。

“我喜欢一个疲倦的、伤心的人在我的画作面前享受到安宁和休息。”自现代艺术诞生以来，抒写精神安宁的画作屈指可数，而以夸张变形、支离破碎的图像来寓示痛苦和扭曲的作品却俯拾皆是。因为情感表达的真挚性，马蒂斯色彩艳丽的作品不仅毫无矫揉造作之感，还给人带来沉静和抚慰。他的热情、粗犷和纯粹都源于对各种感觉的回忆，他将它们表现出来，并在有限的空间扩展它们。

《红色的和谐》是一幅颇具马蒂斯风格的作品，没有透视法，没有“体”，只以“点”和“线”来表现，只有本能和直觉。以红色平面空间来表现现实中的立体空间，剔除了色彩本身所具备的明暗、冷暖。在此，红色不仅是色彩，更是构图。每一件物品都脱离实际面目，墙上的树枝与屋内桌布的花纹几乎一致，花梗与女佣的头发呈现某种对应关系，室内的装饰图案与窗外的花草树枝融入共同的红色平面之中，还有绿色和蓝色——绿色是清凉剂，蓝色似休止符——它们在缓解红色内部紧张情绪的同时，也制造出安宁、欢愉

红色的和谐／亨利·马蒂斯

的氛围。

强烈而虚幻的设色，抛开细节、光影和笔触的粗犷手法，一个存在于想象与现实之间的场景，一张准备摆放甜品的餐桌，以及红色房间里流动的能量，窗外春天里的树木与生机——它们共同创设出深邃、和谐之美。这就是马蒂斯。孤僻的、被冠之以象征主义画家之名的古斯塔夫·莫罗是马蒂斯的启蒙老师，他曾告诫马蒂斯，美的色彩不在原封不动的自然里，也不在卢浮宫的画布上，艺术家只有通过殚精竭虑的思索、想象和梦幻才能获得它。

马蒂斯面临的问题是如何表现被现实激起的梦境，他要表现的是梦境，而非现实。莫罗的教诲——“艺术家的终极目标就是自我表现”“方法越简单，感觉越是明显”，让马蒂斯意识到手段纯化的重要性。创作时，马蒂斯尽量剔除多余而冗杂的表达，专注于对形状和整体感的把握，让各种事物处于流动之中，就像音乐那样，让每一个因素成为组合在一起的力量中的唯一力量。

马蒂斯没有宏大叙事，时代的喧嚣与画家毫无关涉，他只画眼前所见、触手可及之物，他只对少数的、属于本质的东西感兴趣。那些跳舞的人，沉浸在音乐世界里的人，裸体的女人，室内角落里的物品陈设，林林总总，所有这些不仅是他进行色彩实践的样本和载体，还是直觉和本能所系。

慢慢地，西方式的明净与欢喜——甚至是狂喜，在马蒂斯的绘画里被淋漓尽致地展现。当然，还有某种不可言传的神秘感，由国画山水出发所抵达的神秘是悠远、空灵和飘逸的，而马蒂斯以人像和物品为载体而表达出的神秘，更偏向于时空幻觉和异国情调。它们是不同的，是两种文明所哺育出的果实。马蒂斯惯于制造糖果般的色彩。那些明亮艳丽的色彩，怪诞变形的人物，给人神秘和未知感，由此我想到保罗·高更，人类前文明时期的风景向来是孕育神秘感的最好土壤。

马蒂斯也想去塔希提岛，他果真去了。让他失望的是，那里并不存在任何激发他灵感的东西，“那里的大自然是豪华的，但并不激发人。这是一种熟悉的房间里的豪华，没有一点令人惊奇的地方”。昏昏欲睡的马蒂斯很快便厌倦了被保罗·高更视为无上乐园的塔希提岛。在那里，他不仅无所事事，而且根本无法作画，甚至陷入一种麻木状态。在塔希提遍寻不着的灵感，却被马蒂斯在纽约第五街的人行道上找到了。可见，马蒂斯寻找的不是一个与城市空间相对立的空间，他想找的是那个空间里的“光”，那种陌生的比例关系，“那里……永远存在着一种很纯粹的非物质的光，一种水晶般的光，同都兰的光一样成熟多汁，似乎在抚爱它所接触的东西的相反的光……（那是）极具绘画性的光，就像意大利前文艺复兴画家的光”。

纽约的光线，摩天大楼与街道之间的比例关系，奇异的空间感——所有这些激发了马蒂斯的绘画本能，让他意识到幻梦世界的存在。也就是说，四处行走的马蒂斯并不是为了寻找一个陌生或熟悉的空间，而是想借此抵达一个“有感觉的、经过组织的、生机蓬勃的世界”，一个确信无疑的世界。

于是，一个绚丽、梦幻的世界呈现在观者面前。它带来心灵的协调与宁静，一种经过升华的感官上的享乐，就像《红色的和谐》里那块浓烈的、覆盖一切的大桌布，将一切困惑与哀愁抵挡在外。那是一个真正和谐的世界。所有画面在触动感官的同时，也触动了心灵，这两者几乎同时发生。但马蒂斯说，除了色彩，根本没有别的，是那些色彩“本能地向我涌来”，犹如海浪以排山倒海之势涌向远处的堤岸。

跳舞的人

文学史上，有许多可称为伟大的作家不断地书写某种重复的题材，或者说，他们在不同时期所书写的故事里总存在着某种相似的内核，比如卡森·麦卡勒斯对“孤独”主题的一再书写，托尔斯泰的一生都致力于探询“人的救赎”，晚年张爱玲更是热衷于对“自我”的反复改写。即使那些在各种题材间纵横驰骋的作家，其故事内部似乎也都存在一个隐秘的、被层叠之物包裹着的灼热的内核——或许就是这些东西的存在确认了作品背后人的存在。

亨利·马蒂斯也有自己热衷的题材，比如他一再创作的以舞蹈为主题的画作，从《生之喜悦》《奢华、宁静与享乐》《舞蹈Ⅰ》《舞蹈Ⅱ》到《金莲花与作品“舞蹈”》以及后期的剪贴画《克里奥尔的舞者》。可以说，生命中的不同时期，

舞蹈Ⅰ/亨利·马蒂斯

马蒂斯一直在反复地画那些跳舞的人，好像她们是他永不衰竭的灵感之源。

完成于一九一〇年的《舞蹈Ⅱ》是马蒂斯应俄国商人谢尔盖·史楚金之邀，专门为其宅邸定制的大尺寸油画。为此，马蒂斯甚至将模特带到地中海岸边，让她们随着海浪起舞。画面中，没有一位舞者的动作是相同的，没有一个模特的姿势是被事先安排好的，她们处于不断的生成和变化之中，就像风，像春天花园里摇曳的树枝。那种欢跃感，处于原始环境中的生之喜悦，以简化的动作和形象被保存下来，并渐渐脱离具体模特和现实场景。

从此，这些色彩明艳、造型简约的跳舞小人在虚空的幻境里舞动肢体。身形简略、神态全无，只保留单纯的肢体上的舞动，好像创作者的经验不是来自舞台，而是源于梦境。

在此之前，埃德加·德加也画过舞者，他画的是巴黎歌剧院里的芭蕾舞女，常采用俯瞰者视角，人物被切割或遮挡，好似随意拍下的相片。德加执着于表现舞女的瞬时动作，瞬间之后的延续感给人一种永远无法停下的感觉——短暂的休止仅仅是为了更迅速地投入下一刻的旋转和舞动之中。

而马蒂斯笔下成群结队的舞者轻盈得好似一片树叶，一个随意环绕的圆，毫无受限感。她们没用脚尖舞和击脚跳，也无须完成高难度的劈叉动作和鹤立姿势，她们的姿态谈不上优美，甚至没有具体的舞台和背景——如果有的话，也只是置于一片色彩的抽象及虚空之中。

马蒂斯的世界里，背景和人物被同等对待，那些跳舞的人和其所置身的空间变得同样重要，即使它们之间存在某种程度的主次关系，也非主题表达的需要，而是为了更好地形成节奏感。这是独属于马蒂斯的造型语言。这种语言从感觉和情绪中来，更来自对感觉和情绪的捕捉。那些舞动的人体，给予马蒂斯“灵感”。在这里，所谓的“灵感”其实只是“创意”的另一种注解，并不是那些舞动的人体具有非凡的美的力量，而是它们成功地唤起了他的情绪和感觉，并促使他找到协调的形式——后者才是他真正感兴趣的。形式的平衡与完美足以形成精神的宁静、协调与自足。正如塞尚每过一段时间便要画一幅《浴女》，以实践他对色彩的体积感和构图的思考，马蒂斯对舞蹈这一题材的反复涉猎，大概也是因为“舞蹈”这一特殊的人体存在状态，被他赋予新的造型符号，他以反复的实践来寻找进而印证内心深处的感觉。

如前所述，德加画过处于“舞蹈”状态中的人体，同是印象派的雷诺阿和后来的马克·夏加尔也画过。艺术家们孜孜不倦地寻找与自身情感相契合的、浸染着情感能量的新形式。马蒂斯清楚地知道，没有什么所谓绘画上的新方法，它们不过是为了满足自身情感的需要，当然，还会有不同的符号和方法相继出现——但恰恰是“舞蹈”，而不是别的东西成为马蒂斯反复创作的主题。在一次访谈中，马蒂斯提及一种叫“法兰多拉舞”的民间舞蹈，它是来自希腊的回旋舞。成群的舞者以手相携，边唱边跳，舞蹈的队形如打开的圆圈，如螺旋，如拱门，如桥，如迷宫，其间配合着热烈、欢快的曲调。这种富有节奏感和形式感的运动，一直深藏于马蒂斯心底，以至于多年来他不断地去抽象和简化它，致力于提炼出最本质、最富有意味的形。

法国诗人保尔·福尔有一首《回旋舞》，其中有两句写道："假如全世界的少女都携起手来／她们可以在大海周围跳一个回旋舞。"马蒂斯的灵感是否与其有关，我们不得而知。关于舞蹈，原始人在出猎前也会围着篝火起舞，在那个空间里他们的形状、轮廓、位置、动作方式都与狩猎相关。他们完美地模仿了狩猎时的动作，让身体提前进入激情状态。所有原始的舞蹈动作，都蕴藏着人类最质朴的情感，而艺术大概就是为唤醒这种潜藏的直觉和美感而存在的吧。

我一直无法忘记马蒂斯为巴恩斯基金会所作的三联壁画。那件题为《舞蹈》的作品被安置在基金会巨大的廊厅上方——三个拱形结构处。它与完成于一九一〇年的《舞蹈Ⅱ》截然不同，后者是可以悬挂在任何一个地方的作品，而这件建筑性的绘画却属于特定的地方。它位于高处，就像天空在所有的大地之上，给人一种"充满阳光的开阔而美丽的林中空地的气氛"之感。正如马蒂斯自己所言，在这件作品里，人的因素表现得更少了。画中人物被简化为抽象造型，由连续的线条和分明的色块组成。蓝色、玫瑰红、黑色和珍珠灰等平涂手法的运用，给人一种鲜明的、天空般敞开的感觉，让人想起敦煌壁画中的飞天，它是东方的"飞天"造型在现代美术史上的演绎。

在马蒂斯的绘画生涯中，这件名为《舞蹈》的三联壁画是一大突破。它将绘画表现为建筑，绘画成了水泥和石头的对等物，成了建筑空间的一部分。这与马蒂斯注重整体的表达观念相一致，但这里表现的是一个更大、更宽泛的整体。它的意义不在于脱离绘画，而是使绘画脱离封闭的世界，向着经验之外的自我敞开。马蒂斯说过，如果最终的表达需要在另一条道路上完成，他将毫不犹豫地放弃绘画。

装饰性

“我梦想的是协调、纯粹而宁静的艺术……它能对心灵起抚慰作用，就像一把舒适的扶手椅能为人们消除疲劳。”

“绘画就是对沉思和宁静的召唤。”

“一幅画应该永远是装饰性的。在创作之际，我从不试图去思考，而仅仅是去感受。”

因为这些在正式或非正式场合所发表的言论，马蒂斯被人不客气地称作“扶手椅画家”，一位只流于表面、不触及灵魂的画家，这些评价与毕加索当时所作的艺术探索完全相反。

与毕加索相比，马蒂斯涉足的题材与领域可谓十分有限，无非是室内静物、裸体女人、肖像画等少数几样。马蒂斯毫不避讳地表现出对装饰性绘画的兴趣。在他看来，所谓装饰就是艺术品各元素之间的排列组合关系，这是一个艺术家所要处理的基本关系。从某些方面来说，马蒂斯比毕加索更像一名纯粹的画家，他以诗一般的手法去处理绘画内部的问题。

而毕加索除了进行私人领域题材的创作，还不断地创作出类似公众宣言的作品，比如为西班牙政府而作的反战作品——史诗性的《格尔尼卡》。

于马蒂斯而言，“装饰性”对一件现代美术作品而言并不意味着贬低，而是一种基本品质的流露。马蒂斯看重绘画作品对日常生活的参与，既可以作为基金会或私人府邸的装饰品，更应该是自身和谐的体现。

马蒂斯绘画的戏剧性效果不来自特殊题材，或表现特殊情感，而是通过对形式的探索来获得。如果说拉斐尔、波提切利等古典画家的绘画大体上可视为着色的素描，那么印象派之后的绘画则完全摆脱了既有色彩的束缚，从注重客体再现到强调主观表现，摆脱对现实色彩的模仿，以服从画面和内心需要的色彩来创造色彩。从此，运用表现性或装饰性色彩成为现代精神的一个基本因素。

在此，“装饰性”成为理解马蒂斯绘画的关键词。装饰性色彩注重的不是色彩的自然属性，而是它的心理属性，它的单纯性和愉悦感，以及一个向上的生长空间——将植根于日常生活经验之中的装饰性绘画提升到哲学的高度是马蒂斯的梦想。相比印象派一挥而就地描绘瞬时风景，马蒂斯更倾向于通过对本质特征的呈现去获得形而上的永恒感。为此，马蒂斯要做的是省略、简化和概括，一再地提纯和深化。在他看来，“色彩的根本问题不在数量，而在选择”，艺术家应重视色彩的关系，用想象去增进色彩的表现力量。在热烈肃穆的红色和黄色中，在安静柔和的蓝色和绿色中，艺术家要做到像音乐家利用和声来创作曲调那样，运用趣味和本能去创造它，让那些色彩发出声响来。

不仅有画架上的绘画，还有书籍插图、彩色玻璃窗、瓷砖壁画、雕塑——在这些不同领域里，马蒂斯寻求的从来都是同样的东西。到最后，他找到剪纸艺术，遇见尼斯镇的大念珠小礼拜堂。

这座位于尼斯镇上的礼拜堂是马蒂斯一生创作的最高成就，是多年真诚劳作结出的硕果，亦成为理解马蒂斯艺术的重要道场。礼拜堂是狭长形空间，算不上宽敞，甚至颇显逼仄。就是在这样一个受限的空间里，马蒂斯创造出了广阔的精神天地。值得一说的是其中的两幅作品，一幅是《耶稣受难图》，另一幅是《生命之树》。关于前者，它给人的第一印象甚至是潦草和凌乱的，有一种暴风骤雨般的悲怆感，似乎与教堂平和、宁静的气氛相违；而后者画面中的植物是仙人掌，由群青蓝、祖母绿和云雀黄所组成的半抽象图案，给人明亮生长的感觉。将这一切和谐地统摄在一起的是创作者的情感，马蒂斯在不断修改草稿的过程中，找到了表现耶稣痛苦的方式。他不能无视这种被自己感知到的痛苦，而且，这也是晚年马蒂斯心境的自然流露。最终，《生命之树》的出现冲淡了《耶稣受难图》所遗留的浓烈而悲怆的情绪，制造出一种盘旋向上的、春天般的永生感。这就是马蒂斯，他将所有这些都统摄于宁静、安详的气氛里，将生机与凋谢之间的转换完成得如此自然，让人叹服。

“我必须在一个有限的空间内造成一个巨大的印象。”

生命之树／亨利·马蒂斯

或许，这便是马蒂斯装饰性艺术的精髓。从有限眺望无限，由矛盾通往融合，艺术是活生生的，它是一个整体，它只与自我搏斗。

隐秘的“自传体”

当毕加索全情投入立体派风格的创作中，马蒂斯对此的态度却颇显矛盾和谨慎。有时，他也会对人物进行分裂和变形处理，但他这么做“只是为了让物体看起来更有力量，而不是将其纳入某种外部的结构中”，以造成剧烈的震荡，这被后人视作马蒂斯的保守之处，也是他与毕加索的最大区别。

从那些美好、安宁的装饰画和静物画中，人们很容易得出这样一个主观印象：马蒂斯的作品与其生活并没有任何联系。这当然是误解。马蒂斯画过自画像，也有带自传性质及表现家庭生活的作品问世——虽然不像毕加索的那样强烈和鲜明，有蓝色和粉色时期这样明确的情感界限。

《生之喜悦》之后，马蒂斯画下了油画作品《蓝色裸体》，这在公众视野引发轩然大波。有人认为《蓝色裸体》所显露的特质更像是毕加索的，而不是文质彬彬的马蒂斯的。《蓝色裸体》不是安格尔式的美而精致的裸体，也不是马奈式的坦荡而自然的裸体，它几乎是丑陋的——男性化的头部和肩部，突兀的比例，粗犷的线条，不一致的视角，暧昧不清的蓝色与紫色——看上去更像是某种矛盾的集合体，既透明又结实，既丑陋又充满活力，它以丑陋表现美，以混乱不堪抵达真实，它表现的是一种新的不安和困境，比《生之喜悦》更进了一步。但马蒂斯并没有因此频繁地使用立体派的分裂式构图，他的点到即止来自他对内心直觉的尊重："它（立体主义）还是不能触及我最深沉的情感。"那段时间，马蒂斯在立体与平面之间辗转不定，时而以平面、简洁的造型语言来创作，时而以象征和分裂的手段来表达内心的痛楚。鲜艳亮丽的画面中，马蒂斯式的紧张与晦暗不明不时闪现，但他到底没能成为一个坚定的立体主义者，他还是马蒂斯，而不是另一个毕加索。

创作于一九一二年的《对话》被认为是马蒂斯坦露心声的作品之一，暗含着马蒂斯与妻子之间的紧张关系——这是一个在毕加索那里可以演绎成极端风格的题材，但马蒂斯做得冷静而克制。那个穿蓝色条纹睡衣、身体僵直的男人被认为是画家本人的真实写照，画面中的他姿态僵立、眼神空洞，双手插于衣袋之中，给人僵硬、无法动弹之感。而对面椅子上那穿黑衣的女人，则神态自若、咄咄逼人。画作名为《对话》，其实二人各不相让，无言以对。与蓝色房间里近乎凝滞的气氛相比，窗外一角却绿意葱茏，呈现安宁、祥和的景致。

这种极具对比的装饰性结构几乎是马蒂斯的独创，好像所有的矛盾和对峙在他那里都可以得到调和，至少画面本身的温和、宁静和深邃将一切都遮蔽起来。最终，观者认同的还是那个低声絮语的马蒂斯，而不是咆哮者的形象。

对话／亨利·马蒂斯

一年之后创作的《马蒂斯夫人》由此往前推进了一大步。这幅肖像作品尽管被视为“塞尚画派和立体主义的结合”，但在当时的立体主义中，描绘一张可以被辨别的人脸被认为是不可能之事，可见马蒂斯并没有简单地效仿立体主义，他只是提取立体主义中能为己所用的部分，那些能用来强调自我特性的部分。

《马蒂斯夫人》中的人脸尽管具有抽象化与面具化的倾向，但仍然是可以辨认的，它的变形并不像毕加索和勃拉克那样畸形、扭曲和怪异。马蒂斯认为所有的夸张和变形都应该得到感受的确认，并符合模特的形体特征，但在模特与画作之间并不存在任何色彩上的关系。即使有一种对应关系，那只能存在于画作上的色彩之间——这便很好地解释了绘画绝不是对模特的简单呼应。

马蒂斯擅于通过画面来传达气氛，无论如何变形，可以辨别的人脸对他来说都是必要的，尽管它们早已偏离事物表相，不再是现实的脸。马蒂斯无法让自己像毕加索那样自由地切开人体，随意拼接它们，这是他不愿为之的。

一九一四年，马蒂斯创作了《依凡·兰士佩的肖像》。这位女模特的哥哥全程见证了马蒂斯的创作过程。让这位观看者无比诧异的是画布上的人在逐渐偏离自身相貌的同时，却无比接近人物的真实性格。显然，它借鉴了立体派的某些技法，但与立体派方形构图不同的是，马蒂斯采用了充满扩张感的曲线，并将这些发散的线条运用到图画表面，给人物带来植物般不断生长的感觉。这幅另类的肖像画最终没能获得买主的认可，它走得太远，早已背离肖像的本意。

无论是《马蒂斯夫人》，还是《依凡·兰士佩的肖像》——马蒂斯想表现的从来不是人物的表象，而是表象之下所暗藏的矛盾、神秘和含混不清的东西，它是对人物内在情感和自我心境的描述与挖掘，马蒂斯“不坚持刻画脸部的所有细节，不用解剖学上的准确性去逐一地描绘它们”，真正让他感兴趣的是留存在每个人身上那种“庄重的东西”。这让我想起画家在不同场合里曾孜孜不倦地谈论过的“永恒感”，我不知道它们指的是不是同一样东西。

西方现代派艺术家大都热衷于自画像这种形式，马蒂斯也不例外。在不同时期的自画像中，马蒂斯刻画了一张张临渊者的面孔。他从不避讳内心世界的冲突——他忠实于它，并寻找适当的手法去表现它。在绘画中，他清楚地知道，没有什么比表达真挚的情感更重要。他的自画像里充斥着强烈的不安、厌倦和深切的疏离感，同时也有无限的渴望。在此，我们看到另一个马蒂斯，他的温和、宁静暂时退场了，让位于那些激烈对峙的事物。马蒂斯之所以成为马蒂斯，是因为他彻底的真诚和坦白，对真实或真相从不采取回避态度。

晚年的马蒂斯却用纸张、别针和剪刀创造出另一个世界，那里有鲜花、苹果和树叶，有鹦鹉和美人鱼，有《一千零一夜》和国王的悲伤，当然还有《蓝色裸体》。从一九〇七年的油画作品《蓝色裸体》到创作于一九五二年至一九五四年的纸上水粉《蓝色裸体》系列，马蒂斯迎来艺术上的巅峰时刻。

纯粹的色调，极简的线条，空隙之间所形成的人物的形

马蒂斯夫人／亨利·马蒂斯

体——一个全新的属于马蒂斯的创作形式呼之欲出。在此之前，马蒂斯大概也没想到会是这么一个东西，在无数的实践和比对中，它跳出来了，就像幻想中的精灵；它几乎是完美的，是“色”与“形”的完美结合。它是蓝色的，是尼斯小礼拜堂屋顶上的那种蓝；它与蔚蓝色的地中海相对应，是所有蓝色中最纯粹、最明亮的部分；它既是心灵的絮语，也是梦，是马蒂斯所能梦见的最宁静、最古老的事物。

深渊、城堡与白日梦

——关于李青萍其人其作

一

关于李青萍，世上尽管有诸多语言却不能描述她的生命状态。廉价的同情，沉重的哀叹，乃至深切的痛惜都离她太远，甚至与她无关。她只是一名女画家，湖北荆州人——楚人爱好自由、桀骜不驯的天性恰好也落在她的生命里——生于辛亥革命爆发那年，可视作命运颠沛的起始；上海新华艺专毕业，之后赴南洋教书、学艺，战争爆发后回国；与徐悲鸿、刘海粟、齐白石等画坛人物都有交集，徐更是赞其“年少英才，而画笔苍老”；战乱期间，在国内多地以及日本的横滨、大阪等地举办画展，作品被社会名流争相购买，轰动一时。

以上是画家李青萍三十五岁之前的人生片段，在战乱、贫穷、孤独、恐惧的路上走过，也收获过荣誉、宠爱、关怀，甚至世俗意义上的成功。

但时代命运的乖张和不可琢磨，最终找上了她。她成了潮水过后，留在岸上的人——那个遗世孤立者。在李青萍的生命里，如果说还有什么没有被无情地替换掉，那就是绘画的乐趣。无论遭遇什么事，她唯一想做的事情就是画画。坐牢时，看到地上的水迹、天上的云彩，她想画；做清洁工时，看着地上的落叶、瓦片、跳跃的光斑，脑海里涌现的是布面上色块流动的场景。当绘画的念头喷涌而出，无可阻挡，她就用手指空画，或以树枝、烧焦的柴火棒在泥地上画。恢复自由后，她在捡来的废报纸、香烟盒、木板上画，任何一星半点纸片都被视作珍宝。小学生丢弃的作业本，会计用过的账册以及裁缝铺里捡来的布头都是她的作画材料。自始至终，她只想着绘画这一件事，就像溺水的人抓住浮木。绘画就像浮木拯救了她。甚至，她都没有想过要画得更好、更成功。她喜欢色彩在画布上肆意流淌的感觉，宛如大自然中的激流涌荡、炽焰燃烧。

那些看见的人都被这份狂热吓着了，那些画就是她的梦，飞翔的梦，翻滚的梦，坠落的梦……一切皆是梦里场景。在他们流泪、感动、奔走相告时，她却显得异常平静，不过是做回想做的事，一直在做的事，有什么可说的？

有时候，她也忍不住得意起来，逢人就说，有人说我在梦里过了一生一世，可他们哪里知道，梦里的天地有多大，梦里的行动好自由！

她狂热地作画，画自己的情绪、命运、白日梦，停不下来。所有世俗的伤害都成了对她的检验，检验她的热情、活力、精神的纯粹性。她做到了，那些劫后余生的作品就是明证。瑰丽、奇幻的色彩，飞蛾扑火般的笔触，色块和线条的旋涡之中涌动着生命的本真与质朴。没有人知道那个过程是怎么发生的。在黑暗的屋子里，在痛苦、惶然、无以为继的时刻，生命的灵性被一点点打开，一一转化到作品上，好像人世的侮辱和损害从没有发生过，现实中损失的一切在梦境中获得了加倍的偿还。

李青萍的故事中，没有励志色彩，也不存在警示他人的作用，那只是她一个人的故事，单纯而微不足道的故事，但这故事里始终有一簇火焰在燃烧。

二

李青萍的画好似冬日暖炉里的微光，是尚未熄灭的炭火，也是疯狂燃烧后留下的微茫叹息。甚至，它就是生命火种的保存。她善用黑色，沉重深幽的黑，宁静拙厚的黑，再配以炽烈的红、黄、绿，只以少许的灰色或白色作为调剂。这些画面好像不是她在黑暗里看见的，而是在深幽的海底所见。“星沉海底当窗见，雨过河源隔座看”，这是李商隐《碧城》里的诗句，其痛惜与错过、无奈与悲凉何尝不是李青萍一生的写照。

在李青萍身上，很难说清灭顶之灾与劫后余生之间有什么必然联系。但我知道，发生的一切从来不会自动消失。当悲剧和悲恸变得可以畅通无阻地表达，通常也到了它的“结晶期”。琥珀里的昆虫，挣扎停止，呐喊停止，但时间没有停止。时间让热情冷却，却留下更深的生机和热望。

古人为了保存火种，先是在挖好的洞穴里不断丢入可燃物，随后受烘烤地附近变质土壤启发，发明了陶器，制作了原始打火机——火折子，紧接着，钻木取火术、以石击火法被发明，再之后是火镰、火绒、火柴等物的出现，至此，火种被人类永久地保存下来。

李青萍的人生中段，很像是艰难保存火种的过程。烟水茫茫，她看不见亮光，只有画下去才有光；亮光依稀，从破损的纸页里流淌出来，越流越多。但人生依旧不自主、不可控，多么无奈。

荆州古城里的人根本看不懂她的画，认为是“鬼画桃符”，画的人像个鬼，画的马像头驴。有顽劣的孩子甚至用砖块砸她，用树枝、竹条打她，把她捡来的破烂扔到城墙外面。

塞尚晚年的遭遇也是如此。小镇居民的嘲讽，路边孩童的掷石凌辱，他皆不管不顾。唯一的劳作便是作画，毫不停歇地画，一时一刻都不耽搁，甚至连母亲的下葬日也缺席。晚年的塞尚不画苹果，他画圣维克多山；他不画山上的树和石头，不画山谷里上升的云烟和雾气；他致力于空间里色彩的排列、转换与交织。所有人都说，他画的根本不像一座山，它什么都不是。但时间最终证明，塞尚是对的。

让我颇感诧异的是，李青萍画于二十世纪八十年代的油彩作品，无论风景、花卉、静物，还是马来西亚女人、戏曲人物，都给我一种熟悉感。大概是画面中渗透出的人影和光影，光明与昏暗之间的分界线，让我想起童年黄昏日落时分的场景，想起溪流、晚霞、风、跳跃的火苗以及月光下的蓝池塘。

童年的印象是，火的那边世界是黑的；等火星灭掉，人就要钻进被窝里，而剩下的木炭被收集起来，装进铜制或泥制的暖炉里，它们足以温暖整个寒夜。

看李青萍的画作，我宛如看到记忆中的火塘，即将熄灭的柴火，仍在吱吱燃烧着，昏天暗地地烧着。李青萍的画法大致可归为抽象画一类，她不描绘清晰的场景、完整的形体、明亮的光线，她画的是感觉、情绪、想象和梦境。那个世界所特有的不确定性和流动性，似乎更能引发心灵的共鸣。记忆中的童年生活早已脱离具体场景，成了一种类似光影的东西，随意流淌着，随时可能消散，但一旦被触发，往事和记忆源源不断，奔涌而来。

艺术恰是心灵的触发器，回忆的导火索就像滚烫的电流之于导体。那些文字、色彩、旋律，本身并没有什么特别的，一旦与背后的心灵、自身的命运牢牢黏合在一起，以一种神秘的、偶然的方式黏合在一起，不管不顾地黏合在一起，它便成了奇迹。

三

艺术家本人居住在一个特殊的屋子里，那种地方只对某类人群开放，别人既进不去，也不想去。梦游成了李青萍异常日子里的常态。不能创作的日子，她会在手心里写写画画，她会忽然大笑——或许只是因为发现别人难以察觉的美的细节或角落，她会忽然叫道，我看见云了，或者，这里的风景好美啊。

那些随画随弃的作品，其数量到底有多少，谁也不知道。这也没什么可惜的，有些事物并不是为了保存而诞生。它们存在过，然后消失了。这世上被毁灭的东西又何止千万，有时连人的生命都得不到保全。

李青萍是幸运的，疯癫拯救了她，清醒又让她绝处逢生。有一天，阳光忽然照过来，透过乌黑的积云，透过万千阻隔，身为老妪的她重新回到聚光灯下。她的眼神依然明亮，闪烁着澄澈的光芒。只是，当面对围观的人群，她总觉得不自在，本能地想要躲起来。他们拿她当“出土文物”，要将她的画拿去给专家“鉴定”；他们要为她开研讨会，讨论苦难与艺术之间的关系。她无动于衷，好像他们说的是别人，一个与她无关的人。最后，他们问她到底想要什么，她回答说只想画画。

她如愿了，一间温暖的居室，里面有桌椅纸笔，有新鲜的空气、甜软的食物。醒时作画，累时睡觉。她轻车熟路，百感交集，将身体里的温暖和光亮取出，放入作品中。她挥霍着自由、狂喜，害怕一切骤然消失。而外部世界，一拨拨人为各种目的纷至沓来，守在她的窗户底下，或在她的房间外面大声喧哗。她不仅夜以继日地作画，还为如何保存画作而煞费苦心。她把它们锁在箱子里，垫在床板下，以防被人盗走。她做梦也没想到，自己还要提防这些事。

她唯一知道的是，不能停下来，不能让画面上的色块停止流动。那个世界，绿色呼唤着橘色，黑色呼唤着红色，冷静呼唤着热闹。她站立着，通宵达旦，一笔一笔地画。那一刻，她已然回到可以自由作画的时间里。她不知道自己要画什么，画下什么便是什么。一切色彩和线条都在运动之中，旁若无人，充满决绝，很像她的人生。

四

看李青萍的照片，看她年轻时在画展上、交际场上活跃的身影，看徐悲鸿为她作的画像，看“文革”期间那个神情黯淡、头发蓬乱的妇人，看晚年伛偻老妇沧桑的面容……很难相信她们是同一个人。你可以认为她们不是同一个人。这是命运的“本事”，它在一个人身上翻云覆雨，让人面目全非。如果说，在踌躇满志的南洋丽人与穷困潦倒的拾荒老妪之间，还有什么东西被保存下来，那就是一双让人触目惊心的眼睛。

李青萍的人生中段更像是人间炼狱。对此，她保持沉默，没有离开；她一直在那里，孑孓而行，不依傍任何事物。一旦机会来临，劳作的机会来了，她战栗、振奋，一发而不可收，并将此延续至生命的终点。

生命中既有默然忍耐、承受和等待的过程，也会有挥霍、狂喜的时刻。"漫卷诗书喜欲狂"——晚年的杜甫在丧乱途中，忽闻叛乱已平的捷报，顿时手舞足蹈，高兴得发了狂。轻舟一叶，纵酒放歌，趁着明媚春光与妻儿一同返回故乡。唐诗里的杜甫，忧世伤生，愁眉苦脸，唯独这一首表达猛烈的狂喜，读来让人生出无来由的感动和敬意。

同样，在李青萍晚期的画作中，我看到一个生命在漫长的等待与煎熬之后，依然天真烂漫，如火如荼地绽放；依然神秘难言，扑朔迷离。她不厌其烦地画下青年时南洋生活的片段。那是她的回忆和画笔经常驻留的地方，吉隆坡的街景、棕榈树、马来西亚的海，笔墨灿烂，美感自生。她还画日本富士山。每幅画面中都有一个梯形或三角形符号，像某种一以贯之又不断变幻的符号，有人认为那是坟墓，是归宿，也有人以为它只是某种稳定的结构，属于画面语言的一部分。她自己并不管这些。她只知道，关于富士山，关于那座异域的山脉，青年时抵达的地方——多年来，因为某种原因，一直守口如瓶。此刻，她再也无须掩饰，一口气画下二三十幅不同的富士山，越画越多。

自此，对往昔的回忆开始侵占她的画面，多年来它们如藤蔓在她脑海里萦绕不去，此刻不过是闸门开启，洪水奔涌而出。

某种意义上，晚年的李青萍才开始尝试着面对过去的生活，在画笔的召唤下，记忆纷至沓来。落在过去时间里的雨，细密响亮，还在不断落下。李青萍将这一切看得更为透彻，也更无所畏惧了。对人生和艺术，她从来都是清醒的，也明白自身的价值。

凡·高曾如此谈论自己的创作：“为了它，我拿自己的生命去冒险；由于它，我的理智有一半崩溃了，不过这都没关系。”人人认为割下耳朵的凡·高是个十足的疯癫者，却不知作为艺术家的他，太明白自己在做什么了，即使为此迎来肉身的毁灭，也不足惜。

李青萍的时代，这一切不仅没有变得容易，反而更加步履维艰。任何时代里，艺术家的生存都是艰难的，如临深渊。年轻时，李青萍逃避婚姻，逃离家乡；之后，即使遇上心爱的人，即使对方也热爱绘画艺术，她还是迟疑不决。她不允许自己成为某个男人的太太，无论对方是商人、官员，还是平民百姓，都不可能。除了献身于艺术，她无法忍受以别的方式度过一生。她总是踽踽独行，为艺术奔走，依自我本性而受教，对人生旅途中出现的厄运一无所知。当年，他们将她遣返回原籍，她骑着白马，身后跟着押解人员。那种时候，她居然还会因看到沿途美景而大喊大叫。与生俱来的天真、任性和莽撞，让她在现实生活中吃尽苦头。

当年曾收留她的铁女寺住持对记者说，李青萍这个人很坚强，说自己“三不怕”：一不怕死，二不怕打，三不怕饿。闻者为之战栗。很难想象那漫长的炼狱般的生活中，李青萍是如何一天天苦熬过去的。不能说这是冥冥中的安排，为了那些作品的完成，她必须在人世的污泥浊水里荡上一圈，要经受变幻中的无常。外在打击从来不是一个艺术家成长的必然，甚至极有可能导致艺术宫殿的轰然坍塌。

劫难过去，李青萍笔下的色彩好似还身处炼狱之中，艳丽的红，滚烫的黄，旋涡似的蓝，铁器般的黑，它们在剧烈的震荡中创造出新的平衡，新的狂风骤雨。这些几乎“原生”的作品始终围绕着唯一的主题——“生命”——而展开。状如檐滴如旋涡如喷薄的岩浆，如一切处于运动和变化中的生命体，它们横冲直撞、不管不顾，向着不知名的地方奔涌而去，又被一种无形的力量牵制着。在此过程中，生命似大大小小的套盒，被一层层打开。层叠覆盖的色彩掩藏着炫目的亮光，那是无法被磨灭的生机。所有艺术的生发过程中，唯有艺术家的生命才是神秘感产生的源泉。

五

西方现代派画家大都热衷于自画像创作。作为一名从事现代绘画探索，深受毕加索、马蒂斯等人影响的中国画家，李青萍却很少画自画像。我只见过一幅。人物脸部呈青紫色，环绕着白色圆环状笔触，背景则以绚丽的红色作为烘托，给人一种模糊的狰狞感。似乎美貌并不值得信任，荒诞中反而蕴含着亲切与活力。

有一次，李青萍指着一幅画着富士山的画对人说，这就是我的自画像。我要画上一百幅，或许更多。言谈中流露出高度的自省。中国古代画家以山水为人格的自画像，无限变幻中的山水永远流荡着，没有定在，如幻觉和梦境。而人在世上的逗留，也是如此。

在对富士山的反复摹写中，李青萍追求的是自身生命本源性的东西。富士山不过是借用之物。除此之外，李青萍也画一些缥缈的人影。她画马来西亚土著、老者、孤独的夜行人、粉色少女、戏曲中的人物、朝圣者、葬礼中的陌生人等。这些由色块和线条晕染而成的人物，因脱离具体时空和此在场景的束缚，呈现出梦幻般的气息。

尤其是那些纸片似的戏曲人物，孤单漂泊，不知从何而来，又去往何方。年轻时，李青萍就熟谙舞台上的人物，对四大名旦的唱腔熟稔于心，其本人也擅长音乐，歌声婉转流丽。画面中的戏曲人物轻灵、稚气，笔触寥寥，宛如白色精灵，飘逸中带着不可知的悲怆和疼痛。它们是她一生漂泊的隐喻。其中，《九命猫女》更有一种绮丽、壮烈的美感。猫女穿红戴绿，脖子纤长，荒诞不经，给人桀骜不驯之感。而拙重稚气的笔触、夸张怪异的几何造型，又透露出画家内心隐含的温暖情愫。这不是自画像，却胜似自画像的作品，便是李青萍不黏不滞、自在无住的心灵写照。

世人很容易将目光转移到李青萍传奇式的人生遭遇上，被表面戏剧性的事物所迷恋和感动，而忽视一个艺术家的使命——其对生命终极和艺术本质的追求。这个九死一生的猫女，在层层蜕变之中，凭一己之力，以淳朴、苍劲之笔触，获致由笔触和色彩组合而成的苍茫世界。它们无关同情、叹息和怜悯，真正的艺术生命远远脱离戏剧性的外在生命，而取其平淡、孤独的本质。

人们以为李青萍对抽象艺术的追求，为的是穷尽表达方式，却不知在她那里艺术从来无关抽象和具象之别，一切皆源于生命本身的感受。甚至，在她看来，她的艺术从来都是具象的。作为一种图像经验，它们不是刻意承继的产物，也不是他人经验的馈赠，而是源自心灵本身。似乎唯有如此，她才能获得一种创新性的方法或最终的解决之道。

李青萍身上有一种与生俱来的能力，无论何种境遇下都能生存下去的坚韧意志力。外在干扰奈何不了她，世俗的生活也不能进一步伤害她。与塞尚一样，孤独在李青萍这里，并不是独自一人的意思，而是“专一”和“不舍”。所有外部世界的袭扰和摧折，都是中途之物，都是为了阻止她的“专一”和“不舍”。

“真正伟大的艺术是由灵魂或生命驾驭方法，而不是以方法反控灵魂或生命”，李青萍的生命与艺术之间的关系便是如此。一切艺术背后都隐藏着唤醒生命本身的力量，而不是单一的方法论及表现形式。文学家加缪对此也有过一番相似的论述，认为文学作品的形式只是外在的，它们永远为“存在”服务。

晚年的李青萍，创作激情至喷薄状态，过去所习得的经验技法早已化为骨血里的东西，真正的巅峰正在到来，那是一个生命在画布上的艰难跋涉，它比现实中的遭遇更为真切，更加惊心动魄。

六

抽象艺术中，有人以几何、配色、象征符号等风格给人强烈的视觉印象，比如康定斯基、罗斯科等人。在李青萍这里，并没有统一的图谱，人们也很难从中获得某种确定性的结论。李青萍通过画面，将流动的、缤纷的感觉以一种内在的结构呈现出来，我们看见层层叠叠的色调变化的背后，渲染性色块运动的背后，以及技艺方法炉火纯青的背后，携带出一股不可思议的宁静和自由。作为观看者，好像那种感觉与我们有关，它触发了我们体内的敏感性，让人相信那里面的世界是真实存在的世界，它比现实更准确，更能激发某种潜在的情感。

由这些色彩斑斓的画面，我们渐渐遗忘作画者的现实处境及身体遭遇，那是一颗饱满而独立的灵魂，没有遭受任何毁损的灵魂，生机勃勃的灵魂。人的心灵在自然和艺术中获得复原，在无止境的追求中获得完整的呈现。

李青萍戏剧性的外部人生固然让人悲叹、唏嘘，但她孜孜以求、一笔一画所创造出的那个彩虹般绚丽的世界，远比现实人生更加难以穷尽。对此，人们知道什么呢？她的家乡荆州古城的人看不懂她的画，给她平反的人也未必懂得她的价值，或许嗅觉灵敏的收藏家已经嗅出了什么，但也不见得全然明白。不懂画没有关系，他们被这个人感动了。如此，他们终究也会读懂的。任何艺术归根结底都是情感的胜利。

“艺术对于我来说，只不过是一种生命的冒险罢了。”对于艺术的本质，塞尚知道得很清楚。李青萍也是。她活在自己的世界里，活在生命本身的即兴里，任何东西都可以在她那里找到容身之地，都可以进入她的艺术世界，她都一视同仁，泰然处之。

不知为什么，看到李青萍的第一眼，我便想起那个曾短暂地进入媒体视野的六十岁流浪女性。她在荒野郊外，以建筑废物为材料，徒手修建一座歪歪斜斜的三层建筑，七八米高的房子已经建了四五年，外形像城堡。看见的人都甚感惊异。然而楼房还未竣工就被铲车“拔”掉了，就像拔掉牙床上的一颗坏牙。不久，这个在废墟前哭泣的女人，将剩下的柴米油盐分给附近的村民，就此一去不复返。

临走时，别人问她去哪里?

她仰脸回答，到那边，到高处去。

让我难忘的是那个被定格的画面：废墟般荒凉的自造建筑里，那个女人微微低垂着头，旁若无人地抽烟，脸上表情淡然，毫不顾及他人的好奇、同情、担忧。她离家出走，抛弃世俗生活，不要丈夫和孩子。她老无所依，毫无畏惧之心。

无论是李青萍，还是这位无名的流浪女性，她们身上都有一种谜样的存在。

佩索阿曾说，我希望能够远走，逃离我的所知，逃离我的所有。我想出发，去任何地方，不论是村庄或荒原，只要不是这里就行。

李青萍始终待在自己的艺术世界里，而那位流浪女性在亲手搭建的“城堡”被毁后，毅然决然去了“高处”。无论身处何地，她们都走在去往远方的路上。她们独自一人，没有依傍和庇护。这世上又有谁能一劳永逸地找到庇护所。我的震动大概来自她们的自我搏斗，自我揭示。她们灵魂通透，孤独至深，自觉自愿地走在一条荒僻的道路上。

轻逸与梦幻

——常玉画谈

时间之光

常玉早年绘有一张《白瓶粉红菊》，粉色斑驳的花朵，简洁的形与色，一点一点，将人带入一片纯净、幽深的世界。那种感觉是幽微的，充满着渗透性，在感官之外，反反复复。

很多年里，常玉在巴黎蒙帕纳斯的尖顶阁楼上，孜孜不倦地画着。

一个人的阁楼，与时代、与人群、与时间隔绝。

异乡的时间就像一场梦或一阵风，它们经过他、离开他。卡尔维诺说，轻得像鸟，而不是羽毛。在常玉那里，时间也是轻盈的，像云烟，像晨雾。当然，它们也可以是“滔滔大江水，天地相终始”，或“明月出天山，苍茫云海间”。无论是仰躺的豹，鱼缸里的八尾金鱼，还是静物般安逸的斑马，都笼罩在一种循环往复的时间里，它们放逸自如地冥想、行

白瓶粉红菊／常玉

走、奔跑。人也是恣意的、娴静的，如星辰，如过客。

在那里，时间迟缓地流淌，随时可能凝固。它们是琥珀里的虫，秋夜庭院屋顶上橘黄色的月光；是黄昏林子里淙淙作响的溪水，微暗的火——时间之光跳跃闪烁，又清晰如昨，是刀刻般极简的笔触，也是回忆的笔触。

它们是直觉、想象和顿悟，也是时间的透视法。

现实中的“光”对常玉几乎毫无影响，他绘下的是时间之光——光阴流逝后的记忆，那种迷茫、感伤，那种叹惋与怅然若失。常玉绘下的是一个模糊、恍惚、充满不确定性的世界，又是一个无比新鲜的世界。

福克纳小说《献给艾米莉的玫瑰》中，那个叫艾米莉的南方贵族小姐一直无法从过去的时间里走出来，只能选择与死去情人的尸体做伴；《喧哗与骚动》里的昆丁干脆摔坏钟表，试图以此阻止时间的流逝，最后只能自杀而死。

关于死亡，博尔赫斯有过一个最轻盈、最洁净的比喻：水消失在水中。余华在《在细雨中呼喊》这部小说里，也借一个男孩之死，写出了这样的句子：死亡不是失去生命，而是走出了时间。

众所周知，绘画是关于空间的艺术，而作为流动的时间，它无法以一种形象或构图的方式进入画面。无论是立体派还是未来主义，他们所能捕捉的都极为有限。同样，常玉对时空的表现并不落在构图上，观者却能感到时间的触角无处不在。荒漠中奔跑的豹，旷野里的马群，丰饶盛开的瓶花，铁线般的枯枝……这些动物和静物激发了观者内心的幽微之感，一种属于时间深处的感受。

“夫天地者，万物之逆旅也；光阴者，百代之过客也。而浮生若梦，为欢几何？”这是李白在《春夜宴从弟桃花园序》里写下的文字。

“寄蜉蝣于天地，渺沧海之一粟。哀吾生之须臾，羡长江之无穷。”这是流传千古的苏轼的《赤壁赋》。

人生是幻觉，是旅人做的梦，是一场即兴而起、向死而生的漫游。

常玉晚年绘有一幅叫《裸女与高跟鞋》的油画作品。三个女人俯卧在白色毡毯上，那毯子好像铺于夏日的青草地上，又似顺着绿色的河流漂浮而下。画面给人一种瞬时的流动感。裸女身体的赭黄，身下毡毯的白，以及深绿背景，半抽象构图中配色碧绿生辉，让人想起大地之上延绵无尽的峰峦。

这幅画作完成于二十世纪五十年代。裸女群像的出现，女体身姿的调度，以及流动的绿色的使用，都在暗示着一种不期然的变化。晚年的常玉，对时间流逝的感觉发生了改变，恍惚感消失了，焦虑和不适也得以终结。他喜欢宋人的诗句“万物静观皆自得，四时佳兴与人同”，并将之一笔一笔，写进盆花作品中。后来，他干脆以盆花取代裸女，他画那些色彩斑斓、造型繁复的花卉，每一笔色彩都浓艳到无以复加的地步。

色彩是对心灵的疗愈和补偿。常玉那颗饱受流离之苦的心灵，在色彩的丛林中得到慰藉，与自己和解，亦是与时间言和。

《孤独的象》是常玉的绝笔之作。

某年冬天，北京的松美术馆展出一件叫《樱桃》的空间投影装置作品。观者进入一个完全漆黑的空间里，如盲人般摸索着前进。前后左右一团漆黑，百分之百的黑。忽然，展厅前方出现一块模糊的红色方块——樱桃般幽深的红。那色块似乎在缓慢地发生着变化，于深暗的环境中试图散发出更多的光。

时间过去很久，黑暗中的眼睛仍在静静地深深地看——看那暗红色光影。再闭目，聆听，神游。那一刻，忽然想起《孤独的象》。

脑海里长久地充斥着整个场景：金色的如永生般的沙漠，黑色岩石般的地面，很小很小的象。那一刻，时间被拉长，入定般，心神俱静。我坐在那里，亦是坐在无垠的时间里，与它同步、同在，不焦虑，不惊惶。即使离开那个叫“樱桃”的空间很久之后，我感到某个时刻的自己仍然在那里。我带着从那个空间里获得的一切，或远行，或独处。

最终，当常玉画下《孤独的象》，这世上早已没有了孤独。他回到时间的体内，回到风、流水和云朵的故乡，回到童年的卧榻之上。

他遗忘了时间，将一切都忘却了。

孤独的象／常玉

流水

创作早期，常玉惯用粉色。他以白色来降低粉色的纯度，形成暧昧的灰色调，使得粉色呈现一种特殊的调性。它们让人想起生活中一些说不清、道不明的东西，它们不是明亮的，也无关颓废，更像是某种气体，轻逸、恍惚。无疑，这些粉色缺乏明确所指，并非对物体本色的记录，但它们唤起观者心中微茫的记忆。

此刻，色彩成了与气味、声音一样的介质，完成了冥冥中的指引。

通往记忆的道路有无数条，如何找到一条迅捷、有效的通道，常玉的画或许提供了某种启示。绘画是一种想象，对场景和情绪的想象，甚至对时间本身的想象。我时常想，在常玉温和、轻逸的笔触背后，到底省略了什么。层叠、斑驳的画面上，有画笔留下的痕迹，刮刀刮过的痕迹，以及颜料之间碰触、挤压产生的痕迹。它们是画作的纹理，就如生命的纹理是孤独。

常玉笔下的花卉永远处于绽放之中，动物们都很小，水果并不予人啖食的欲望。在花卉、水果和小动物中，我体验到一种广大而普遍的情感。甚至，那些丰饶的女体，也给人一种怪异和孤独感。

西方传统的裸体绘画，甫一诞生，便与财富和奢华发生联系。它们干脆就是富裕生活的装饰品。常玉借用裸体画形式，表达的内容却与此相背离。置于横向构图中的裸女，身型修长，神情不明，目光并不聚焦，她们是漂移的木头或脆弱的苇草，置于流水的情境之中；常常是半抽象场景，吉祥符号毫无征兆地出现，让人分不清女体所在之处是室内还是室外，在丛林还是荒漠。

常玉画下的与其说是身体，不如说是对身体及整个存在的感觉。生活的孤独、情感的荒芜以及生命的漂泊无依状态，大概是画家想要诉说的。可这些缤纷涌动的色彩又能告诉我们什么呢？一位艺术家的精神图谱只能由已知的、可见的作品来呈现，这中间到底隐藏或遗漏了多少重要的东西，实在一无所知。留下的一切不过是偶然。我们生活在偶然的世界，我们的生命就像篮子里的婴孩，置于流水之上，随时准备被搁浅。

凝聚与发散

不知从哪里看到一句话，大意是，如果有人能增加一些美来到这世上，这人便是天之骄子，是上天所宠爱的人。常玉可能就是这样的人。他给这个世界带来了变化，那些变化并不是以肉眼的形式被看见，而是以一种人所共通的恻隐之心被感觉到。

这一次，我们的同情心不在弱者身上，而在美的事物上。

我们看到了一段“美”的运行轨迹。常玉不断地调整角度，对同一主题反复描摹，不是客观写生，而是一种回忆似的摹写。

画面上出现的元素，似乎是即兴的、随意的，但在它们之间又存在着某种内在联系。我常常在读到一些古诗句，听到昆曲宛转的曲调，看到形形色色的花卉，闻到美妙的气味时，想到常玉的画。法国作家福楼拜在谈论《恶之花》时，用了这样的比喻句：“像大理石一样坚硬，像英国的雾那样具有渗透力。”可以说，所有的艺术创造都同时伴随着聚集和发散这两种现象。相比于凝聚，发散这种特性在常玉的作品里更为显著。多年来，这些画作在持续地散发出难以言说的类似于光之发散的秉性。

常玉本质上是个散淡的、率性而为的人，对自身作品是否能传世并不抱有热切的期许。他更多的是以游戏心态作画。晚年因物质困窘，他不得不选用劣质绘画材料，以油漆代替颜料作画，用修脚刀代替版画工具，一切无不因陋就简。

生命中的最后几年，他在给好友的信里写道，经过一生的绘画探索之后，终于懂得如何作画了。塞尚在临死之前，也有过类似感慨，认为自己在缓慢而艰难的探索之后，终于获得了一些进步。塞尚从对室内静物的写生慢慢转移到自然的怀抱中，他认为只有在自然中，才能找到艺术最本源的力量。

二十世纪六十年代，常玉在油画纤维板上画了很多梅枝。铁一般的线条占据整个画面。黑漆、冷硬的枝条，峻洁而克制，仍给人不断生长和生发之感。与其说常玉画的是梅枝，不如说他画的是线，整个画面成了线的恣意放纵和沉郁悲叹。

常玉还画鱼，以“鱼”“游鱼”“红鱼”“双鱼”“鲤鱼”等为题，画下一些绿的黄的黑的色块，它们是不同光影下水的汇聚与流动。早在二十世纪三十年代，他就绘有一幅《群鸭扁舟》，也是以油彩呈现水墨笔法。他一只一只，耐心地布排着鸭群，呈几何形状的队列，稚拙的笔法中流淌出孩童似的欢喜。

晚年的常玉又回到风景的怀抱里。此时，常玉风景画的主题不再是纯粹的风景，而是烙刻着强烈的个人印记的“内在风暴”，即一些半抽象的画面。在那些形状、色彩和轮廓里，他要不断地强化它、证实它、衡量它。他既要把所有的技法都使出来，又要让人觉得一切不过是率性而为的涂鸦。那些画面极为简洁，乍一看，人们还以为是装饰画。

简洁、纯粹的风景里，住着他喜欢的动物。它们只占据风景中的一隅，宛如茕茕孑立的自身。常玉画有许多豹，有《豹栖巨木》《蓝夜花豹》《河岸双豹》，这种性情机敏的猫科动物，在画面中无一例外地变得很小、很温柔，常玉简化了它们的行动和体态，将之与周遭的风景融为一体，好像是树木、河流、旷野、月夜酝酿了这些或奔跑或静止的动物。

常玉终于离开室内，投入自然的怀抱。他的画布上开始出现一切带有遥远意味的事物，它们聚合在一起，进入那明亮的、一体的世界里。

木下双豹／常玉

梦幻感

常玉擅于画马，从《毡上双马》到《黑马、白马》《枯树双马》《跳跃的双马》《红土双马》《禾穗双马》等，所有这些以双数形式出现的马，或交颈而立，或头颅低垂，或陷于沉思默想之中。它们缓慢、安宁，几乎以同样的姿态成双入对地出现在画面中，除了色调迥异和造型上的微妙差别，几乎给人以“同一物体的分身”之感。

它们剪纸似的粘贴在画布上，有种莫名的游移感，比单独出现还要孤独和游移，并带有强烈的梦幻性。构图的简洁、色调的纯粹以及对细节的省略，使得这种感觉尤为强烈。不仅仅是表现形式的问题，这里面还存在着一种永恒的形象，这形象由双马的造型而来，它们安静而沉默，带着无法满足的孤独感。所有这些似乎暗示着人类无法拥有深切交流的可能性，而在动物之间这种可能性是存在的。这一系列趋于静止的动作——它们取消所有意味，只以情绪贯穿始终。观者可以从那样的画面前走开，但无法躲避那些形象的缠绕。

有时候，我想，常玉绘画艺术的本质是心理层面，而非风格层面。同样观者由画面而生发的梦幻感，也属于此类。某一刻，我们让自己进入其中，成为那匹单数的马，或马群背后的荒野，正是那种代入感，产生了无可抑制的孤独感。

这一切，大概还是源于常玉独特的画面语言，其构图简约，色调明朗、清晰，富有层次感，以油画颜料展现水墨的

毡上双马／常玉

氤氲之气，柔软、空灵，充满韵味。显然，这轻逸、散淡的双马造型，是从中国古典绘画的精神内核中长出的物象。常玉上承八大山人的风骨，下接吴昌硕的金石之气，又受西方现代艺术的影响，所有这些于他都是丰厚的滋养。空间之飘忽不定，时间之隽永缱绻，时空的虚实相间、有无相生，这是常玉式的美学观和时空观，也是所有梦幻感的来源。

时光流逝，常玉终于找到正确的画马方式，就如他晚年所感慨的，经过一生的绘画探索之后，终于懂得该如何作画了。常玉给双马找到一个透明、虚白的空间，在那里，它们不卑不亢、灵活舒泰地展示自己，成为自己。

它们既没有看见世界，亦不被世界所见。

无有之间

——由马远《十二水图》所想到的

一

没人知道它们从何而来，又去往何方。它们经常性地出现，在春天的夜里，在没有记忆的梦境中，在那些欢乐或暴怒的时刻。我第一次看马远的《十二水图》，只是一些线条，烟波浩渺般的线条，像水一样的线条，它来自水，又远远地脱离水。它是纸上的水，是水的抽象物，却那么机敏、跳脱、生机勃勃。

作为天然的流逝物，水与时光、年华以及人生联系在一起。

“逝者如斯夫，不舍昼夜。”

“问君能有几多愁？恰似一江春水向东流。”

“无边落木萧萧下，不尽长江滚滚来。”

——对灵魂而言，死就是变成水。印度教徒死后葬于恒河之水。水是欲望的旅程，也是万物的归宿。

绘画史上，水被视为难以描绘之物。国画画水，多以空白示之，有时也着以淡墨，或以粗疏的几笔线条勾勒水纹浪花，或以小舟行船喻示水之存在。当遇上水中倒影，更是很少描绘，因其容易破坏山木树石的形态而作罢。

马远是将水视为绘画之主体，以线条直接勾勒水之性情、形象的第一人。水不仅是形象，还是命运——一种“不断地改变着存在实体的根本的命运”。马远不是画水，而是以水之本性来表现自身。水的细枝末节和细微变化，它的流淌感，它的迷离与恍惚，它的万千变化，尽在这十二幅纸页上。

《十二水图》是水的众生相，现存于北京故宫博物院，除一图残缺无具名外，其余图名分别为：洞庭风细、层波叠浪、寒塘清浅、长江万顷、黄河逆流、秋水回波、云生苍海、湖光潋滟、云舒浪卷、晓日烘山、细浪漂漂。

马远以勾染之法，写水的迂回和壮阔，写水的涟漪和潋滟，写水的沉思和运动，写水成千上万个破碎的瞬间，不仅有舒缓清淡之水、柔婉细密之水、浮光跃金之水，而且有汹涌奔腾之水、激烈咆哮之水，还有黄河、长江和洞庭之水。不仅有水，还有远山旭日、云遮雾锁、春风习习。水本无形，难以具象，《十二水图》干脆抛弃物形之束缚，致力于描摹线条的梦幻之旅。在画面中，它们心无旁骛，不断出发，充满探求的热情和渴念。它们的形体是从自身的流动中产生，动荡不安，变幻莫测。仔细看，那些不断生成的水纹，或简洁多折，或浑厚稳健，仿佛它们唯一的目的就是消失。马远

十二水图·长江万顷（局部）／马远

捕捉的是万物在消逝之前的幻影，但所有线条的走向都是运动，衰落或消失表现的也是运动的另一种方式，一种更为极端的方式。

《十二水图》是水的长卷，命运的旅程，由十二幅画合裱为一卷。宋代画家夏圭也有《山水十二景图》存世。天之大数，不过十二，故《十二水图》为法天之作，寓意为全部的水，天下之水。念及马远所寄居的南宋王朝，宋室南渡，故国山水沦为异邦城阙，《十二水图》让人想起“夫天地者，万物之逆旅也；光阴者，百代之过客也”，而浮生若梦，也若水。

问题之关键在于，包含一切实体的水如何成为被描述的“物质”，成为可以具象的水之“肉体”，既描述它的表面特性，也描述它的无限和深度，正如巴什拉在《水与梦》一书中所言：“它（水）有躯体、灵魂和声音。”马远的意义在于他描绘的独立的水之形象，不是水的普通形象，而是特殊形象的总和，成为后世描绘水之形象的典范。

六百年之后，日本江户时代的浮世绘画家葛饰北斋画出《神奈川冲浪里》，惊涛骇浪之中，三只无篷船风雨飘摇，危如累卵，是不是预示着浮世绘的享乐终是一场短暂的春梦，而灾难和死亡才是生命的必然？日本当代摄影师杉本博司拍下系列照片《海景》，从英吉利海峡到北冰洋，从挪威海到黑海，好像世上所有的海域都被囊括其中了。画面以地平线为中心和分割线，构图和色调都极为简约，素净之中蕴含着万千变化。杉本博司以空间来表现时间的永恒，让人想起罗

神奈川冲浪里／葛饰北斋

斯科对色域的表达，他们的作品都给人强烈的“沉郁感”。

无论是三角大浪，还是极简主义的海景造型，它们的渊源都在南宋，在水的理想国里。那是在渡过永恒的时间之海后，所能留下的水的“躯体、灵魂和声音”。

二

每次去博物馆的古代文物展厅，最喜欢看古陶瓷器皿上的纹路走向，或生涩古拙，或简洁抽象，或氤氲梦幻，好似它们是器物本身所带的天然纹理。所有纹理中，水纹最具动荡气息。远在新石器时代，人类便在彩陶上绘制水的流向，唐人和宋人也在他们的瓷碗和梅瓶上画风和海水，而明清瓷器上的海涛纹和旋涡纹更是屡见不鲜。从这些水的抽象图案中，似乎可以想见先祖站在古老的河岸边徘徊不定的场景。

国画山水中，山林草木、亭台楼阁、虫鱼鸟兽等皆有定形，唯水性情不一、变化莫测。作为空白而存在的水之形象，某种意义上也是空寂和疏淡的代名词。马远的水却绝非空寂和疏淡的代名词。《十二水图》的不同之处在于它以含蓄写激越，写汹涌的波涛、飞溅的浪花，写水的欲望和愤怒。事实上，没有比对旋涡和波涛的描述更接近水的本性了，《十二水图》因此被誉为水的精神图谱。马远以勾染法摄取水的骨相与气韵，好像那些柔弱无依的水也是有骨头的，它变化万千，绝不满足于某种符号化的表现。

马远细细描摹水之性情——它的涟漪、潋滟、汹涌和咆哮，那些枝蔓一样生长和交会的线条却是有章可循、有法可依的。《十二水图》的法度来自动中之静，是极致的动与强烈的静之结合。这平静和安宁的获得不是因为无可追求、无所事事，它来自心灵对自然的回应，尤其是当自然一改往日的温柔缱绻，呈现愤怒和狂暴的面相。线的起伏与曲折，线的激荡与跳跃，由近及远，向纵深处推移、迈进，终将归于沉寂。

在波涛的暴怒中，我们认出灵魂深处的自己，就像凡·高从旋涡般转动的星空中领会动荡不安的命运。

《黄河逆流》里，马远赋予水新的感官和性情。这样的水是自然界的雷霆万钧、飞沙走石、山崩地裂，它们存在于一个抽象的时空里，没有预告和铺垫，没有束缚和限制，给人带来慌乱、惊诧、战栗，甚至莫名的恐惧。

这恰是《十二水图》让人感动至深的原因。

巴什拉在《被元素激活的画家》一书中写道，有很多画家缺乏对水之奥妙应有的敏感，把水面画得坚硬，如波德莱尔所说“让鸭子在石头里嬉水”，究其原因在于画家对物质所存在的世界缺乏切实的体验。

法国画家及诗人亨利·米修在一首题为《魔法的国度》的诗里也写到了水。

我见到了水，它不肯流淌

那可是我们熟悉的水，是我们的水，可就是不流淌即使水瓶摔得粉碎，水也不会落下四溅。

在诗人米修笔下，水成了一种不会流淌的液体，即使如此，它仍然是真实的，这种真实性恰恰来自诗人的情感体验：存在本身的荒诞感。

宋代郭熙在《林泉高致》中提出“身即山川而取之”，在所有的形象中，由己身情感及体验所浸润的形象才是完整的存在。如果说别的画家在作画过程中仅仅是借用水，那么马远则是在为水立传。

水的形象自相矛盾，水的意义扑朔迷离，水的性情变幻莫测。作为水的肖像画，《十二水图》并不展开对辽阔水域的铺陈，它勾画的是水的细部动态，是水的流动、碰撞、汹涌、咆哮所形成的局部风暴，既劲拔锐利，又轻盈迂回，好像是俯身视察，亲眼所见。

三

少年时，终日在溪边、河滩漫走，天上云卷云舒，耳边溪水潺潺，碧绿的田地麦浪翻涌，山川草木呈现一片苍润之美。道旁渠里细细的、浅褐色的水流，呈现粼粼的波纹，还有载浮载沉的水草，石间壁上油绿的苍苔，小鱼、虾自在地遨游，顿时有种清新、旷逸之感。

十二水图·洞庭风细（局部）/马远

成年后看《洞庭风细》里的水、《秋水回波》里的水，漫漶的记忆忽然变得清晰。马远的水，也是我在少年时所见的水。那些水的纹路和褶皱，让我想起早年家中厨房间里的磨砂玻璃，也想起那段暗淡无光的岁月。我不明白家人为何不在窗户上镶嵌一块敞亮透明的玻璃，而偏偏选择那种透光性很差的材质。外面的光线不能通过它进入室内，里面的人也不能借此张望窗外的世界。好像它的存在不是为了让世界变得更通透和纯粹，而是为了设置不必要的障碍，保护那些毫无必要的隐私、秘密。但我肯定被它繁复、曲折的纹路吸引过，仔细地打量过它朦胧的模样。它当然是美的，似乎还带着一层莹绿或湛蓝的光。翻看马远《十二水图》的那一刻，我眼前再次出现那道光亮，就像少年时的山水、时光、千秋月、万仞山统统回来了，被一一拉至眼前。在回望的灯光里，在昏暗的梦境中，一切都回来了。

忽然忆及孩童的游戏“打水漂”来，忘不了那些水纹，一圈圈荡开去，越来越淡，同心圆似的扩大并最终消失。“打水漂”比的是瓦片或石片点击水面的次数，但好看的还是波纹，微步縠纹生，水纹生出更多的水纹，水生出更多的水。那轻盈的纹理从溪岸的这边散逸至另一边，从湖的这头扩散至另一头。没有什么事物比水纹更容易消失。当它忽然隐匿时，人心也处于片刻失神中，好似经历梦魇。直到下一枚瓦片再次加入这力与美的角逐中，再次水花飞溅，水纹四起，波光潋滟。这样的游戏我总是一玩再玩，怎么也玩不够。瓦片或石片在惯性用尽后，“咚”的一声沉于水底，好似所有的灿烂与光华也一起沉入生命的底部，让人怅然若失。

好看的还有雨后的水面，逢细雨迷蒙或瓢泼大雨，雨点轻溅、击打在或阔大或狭窄的水面上，丝绸一样的水面上，点与线交融，声与形混杂，无与有之间，顿现与消散同在。这水面波纹，天地光影，聚散离合，与《十二水图》如出一辙。经不断删改、最终保留下来的记忆中的画面却与《十二水图》形成某种对应关系，就像摇摆不定的树与它在自然中的影子之间的关系。

最难忘的是台风天里的溪床，一夜之间，往昔清冽、澄澈的河水不见了，代之以浑浊、翻滚的黄泥水，一路咆哮，摧枯拉朽般裹挟着两岸的泥沙杂物，冲破重重阻隔，一泻千里。人扶树站于溪岸河边，看那汹涌之水，看浪花浮蕊，看旋转、腾挪的涡流，感觉自己马上就要被带入一个不可知的世界。那种惊恐以及由惊恐所催生的惊心动魄，至今仍回荡不息。

所有的记忆大都是用来重新想象的，特别是对恐惧的想象。水给人的感觉并不总是温情美好，世间还有摧毁一切的洪水、淹没船只的风浪。记忆遗留下的情绪或感觉，让往事如碎片纷涌，静止的一切重新变得活跃。马远的《十二水图》当然不是对水的实际形象之描摹。事实上，所有的艺术都是时间和想象的产物。“我们的记忆中有一些微缩胶片，它们只有接受了想象力的强烈光线才能被阅读。”某种意义上，《十二水图》是被记忆和想象之光所照亮的水，也是南宋北望时的山河梦寻。

水面上波纹的跳动、战栗、传导与转化，让我想起心电图上的波段起伏，后者表现的是人体心室与心房里微弱电流的运动轨迹，热敏纸上不断重复出现的间期、波群、P 波和 T 波，就是沧海中的波峰与浪谷。水波与人心的涌动如出一辙。

面对这样的《十二水图》，人的听觉会变得异常敏锐。水面的颤抖传达出倏忽即逝的印象，但真正的印象从来不会消失，它们存储在记忆深处，直到被某个画面激活，直到一道亮光将过去的一切召回。

四

《黄河逆流》被视为马远精神上的还乡之作。马远的祖籍为河中（现山西永济市），他本人出生于南宋绍兴年间。绘画世家出身的马远，其生平事迹早已无从稽考，家族谱系则散见于各画史典籍，马氏一族从曾祖马贲开始，先后有五代人在皇家画院供职，靖康之变后，全家也随宋室迁居杭州。

对于当时不再属于南宋版图的黄河，马远大概只是远闻，却未亲见。在布局《十二水图》画幅之时，马远特意将“黄河逆流”与“长江万顷”放于一处，一浊浪滔天、一开阔平坦，一汹涌湍急、一舒缓宁静，一狂暴、一舒展，两相对应，给人的感觉颇为奇异。可以想见，绘《黄河逆流》时的马远，行笔迅捷，流动如生，宛如置于浪峰刀尖，生死成败只在须

十二水图·黄河逆流（局部）/马远

臾间。

家中族人对故国山川的谈论当在马远的童年记忆里频繁闪现，故土的层峦叠嶂，故国的云舒浪卷、万壑争流，故人的嘈嘈低语，当他在笔下重现时，却呈输泻跳蹙之势，咆哮之声四起。

一个朝代尽管“宴歌弦管，腾腾如沸”，当火灭灯熄之时，却什么也带不走。从此，家国之思、黍离之悲、旅人羁客的惆怅在南迁词人及画家那里，千百倍地扩充、蔓延开来。

“维舟试望，故国渺天北。”

“天涯海角悲凉地，记得当年全盛时。”

“入其城，则四顾萧条，寒水自碧，暮色渐起，戍角悲吟。”

诸如此类感时伤怀的书写，在任何朝代更迭之际都蔚然成风。与词人们的记人、咏史、游历之作相对的是，画家们则以山水、人物、花鸟、虫兽为描摹对象，表达故土难离的伤悲以及雪泥鸿爪的生命叹息。

马远的独特在于他的“格物”和“致知”，这在绘制《十二水图》时表现得淋漓尽致。那些水，不再是淡墨疏影式的清浅水流，不再是“扁舟一叶漂不定，茫茫云水去无踪”。马远对水之姿态的细密描摹达到了惊人的程度。他运用了山水画中很少使用的透视法——近大远小。所有物象都是悉心观察的产物。他不作任何判断，除了明察秋毫、深思熟虑的观察和想象，没有别的表达，以至水波的走向、浪花的形状以及水势的起伏变化都被表现得纤毫毕现、一清二楚。

但《十二水图》不是《天工开物》，它不是对水文地质的勘探和记录，它是精妙的艺术品。作为艺术品的《十二水图》，在物境之上创设了心境，由物体及心灵，实现了两者之融合。他描摹的是水，变幻多端、横无际涯的水，他以水波描写水，以波纹的深浅、缓急，波形的平缓或陡峭，来窥测水之堂奥。但水的堂奥又不全在物态的描摹之中。自然界中的水且以固态、液态、气态的形式相互转化，《十二水图》也对林林总总的水之物象进行了多角度的展示或暗示，它既与空间相关，更与时间相关。除了精心描摹的水之近景外，还有杳渺、阔大的远景，在波涛和水纹消失的地方，它们出现了。那是极动之后的极静。在《十二水图》中，实有和空蒙都让人迷恋。这种接通无限时空的空白，不仅有形，有隐约的光、变幻的云烟，还有空间的幻觉和深度。

《十二水图》是马远的十二次还乡之旅。粼粼水纹和滔天巨浪，宛如关山重隔，无尽的远方之外还有远方，而终至抵达的澄明之境，是太虚中的乐音，不绝如缕，时空浩渺无止境。

五

看侯孝贤的电影《刺客聂隐娘》时，脑海里不断闪跳出顾闳中《韩熙载夜宴图》里的画面。那个载歌行乐的场面，人物的狂欢与落寞，伴随着画面与音乐声，反反复复地出现。

说不清楚是什么原因，可能是那些房间里精妙的陈设布局，也有可能与其中压抑、恍惚的气氛有关。之后，当无意中看见马远的《华灯侍宴图》，当年看《刺客聂隐娘》的感觉又回来了。

电影里，随着横向移动的摇镜，清晨的水面、荷花、飞鸟、树林，逐渐映于眼前。它缓慢位移着，好像有一只手，将这自然的卷轴，一点点打开。那缓慢呈现的过程，没有导演意志的强加，完全是不经意间被捕捉到的。

《华灯侍宴图》也给人这种观感。画面采用俯瞰的视角。观者似站在一面高处的坡地上，听晚风吹过树梢，看室内宴饮之场景——那丝竹管弦之声，席上劝酒之声，透过树林与夜色，一点点渗将出来。时间流逝，人影穿梭，语笑喧哗逐渐变得稀薄、模糊，不可辨认。同时，室内宴饮的场景也模糊不堪。观者的目光似乎被近景的梅枝、中景的松树以及远景的山色和夜空所吸引。而这一切，又渐渐隐于苍茫夜色之中。相比家国动荡、兴衰沉浮，自然里的一切才是亘古不变的。

与《十二水图》不同的是，马远在《华灯侍宴图》中并没有采用透视法。他缩小前景，放大中景，使得缩小的前景似被人为地推至远处，给人一种莫名的“隔”的感觉。而那宴饮发生之地，也非高堂华屋、雕梁画栋，不过是远山之中一座孤零零的殿宇，无限时空中的短暂寄身之地。斯情斯景不再是“人生得意须尽欢，莫使金樽空对月”，不再是“劝君终日酩酊醉，酒不到刘伶坟上土”，而是“人生如梦，一樽还酹江月”。

朝回中使傳宣命
父子同班侍宴榮
酒捧倪觴祈景福
樂聞漢殿動簫聲
寶瓶梅蕊千枝綻
玉柵華燈萬盞明
人道催詩須待雨
片雲閣雨果詩成

华灯侍宴图／马远

马远以超然的眼光看到一场宴饮背后的荒凉与空无，看到浮华背后的真相，看到昙花一梦。遍地虚空。那是中国文化的精神底色，而马远不过是以绘画的形式将此呈现出来。那是中国绘画的自觉，也是其现代性的体现。

《华灯侍宴图》将人物活动置于山水自然之中，但人物与自然的关系并非全然和谐。画面暗沉，缺乏光亮。寂静山林里，裂帛之声乍响，宛如惊雷。但画中之人置若罔闻，毫无所察。《华灯侍宴图》的观者并不在画中，他与眼前的画是“隔”的，这个“隔”并非“隔阂”或“隔绝”，而是观者提前看到了画中之人所无法看到的一切。他看到了尘世的奥义、命运的玄机以及繁华背后的萧索。

作画者同时也是预言家。《华灯侍宴图》里隐藏着预言者的不安，这种强烈的不安与惶然改变了画面的布局，改变了观看的方式。

艺术可以平淡，可以荒芜，可以轻逸梦幻，可以衰朽落魄，甚至可以心如死灰，但它没有没落，没有失败，永远生气勃勃。由《十二水图》至《华灯侍宴图》，不过是心象与心境的转换。世上之存在，从来不是单纯的有或无，而在无与有的转化中，才能赋予精妙，才能造就生机勃发的世界。

常玉与莫兰迪

常玉被誉为“东方马蒂斯”或“中国式的莫迪利亚尼”，并有各种细致入微的分析来证明他们之间存在的关联及可比性。事实上，任何艺术家之间的比较，都是后人无奈的怠惰之举。如果说常玉在其艺术生涯的某个时期，受了马蒂斯和莫迪利亚尼的影响，那倒是可能的。

常玉到巴黎那年，莫迪利亚尼刚刚去世不久，马蒂斯也于三年前搬到法国里维埃拉的尼斯郊区，但常玉认识马蒂斯的儿子皮埃尔·马蒂斯，他们还是大茅屋画室的同学。

无论是马蒂斯，还是莫迪利亚尼，他们对常玉的影响，更多的大概是技法层面，这是最浅层、最容易被识别的。就经典作品对作家的影响，余华曾经作过一个比喻，大意是说，阳光对树木成长的影响，在于树木吸收了阳光后，仍然以树木的方式成长。

艺术作品对艺术家的影响也是如此。

这篇文章当然不是为了拿常玉与莫兰迪做比较，找出他俩作品的差异性及共通处，以此得出某种牵强附会的结论。事实上，常玉与莫兰迪的人生没有任何交集。常玉出生于中国四川，在巴黎蒙帕纳斯终老。莫兰迪更是过着僧侣般的生活，终其一生几乎没有离开过他的故乡——意大利北部的博洛尼亚，唯一一次出国是去苏黎世观看塞尚的画展。莫兰迪大常玉十岁，两人分别于一九六四年和一九六六年离开人世。或许，他们都没有见过彼此的画作。

此文之所以将常玉与莫兰迪写在一起，更多的是基于我的发现与看见。这与常玉无关，也与莫兰迪无关。在过去的某段时间里，这两个人在我的内心逐渐走近，就好像他们曾一起住在某个无名小镇，互为邻里，可以相交默契，当然也有可能我行我素。

我想象着身材瘦削的莫兰迪从家中出发，走到博洛尼亚美术学院，给学生们上完版画课后，又原路返回，回到沾满灰尘的陶陶罐罐中间，回到安静而充满秩序的生活中，日复一日。而巴黎城里的常玉，大概会晚睡晚起，在午后的咖啡馆里一坐就是大半天。咖啡馆的侍者们，多半会给这个中年落魄的中国艺术家留一个不被打扰的位置。

在常玉那里，一束花、一盘水果、一匹马，可以经年累月，画了再画。莫兰迪也是如此，反反复复地画着家中随处可见的瓶子罐子，审视着它们之间的微妙差异。画瓶子罐子的人很多，可没有人像他那样，画得如此灰蒙蒙、惨淡淡，好像在所有的颜色里都掺入了灰色调，或许还有白色调——浓雾一样惨白的色调，意大利北部的秋冬天大概就是如此吧。

常玉与莫兰迪好像都在追寻着日常生活中隐藏的东西。他们从不满足于眼睛看见的。他们在表达感觉，对物及对时间流逝的感觉。由此，观者看他们的画，总有一种恍兮惚兮的神秘感。

一直以来，粉末一样的时间，纷纷扬扬，覆盖在莫兰迪的静物上。常玉的人体和花卉也在时间的沙漏中处于永恒的静止状态。在这样的画面中，画家没有直接描述自己的感受或体验，但观者在观看这些形、色与空间时，会不知不觉地将自身体验带入其中。

莫兰迪的静物，使得高楼林立的现代都市成了《水经注》里的烂柯山，而观者干脆化作深山里看棋的童子。常玉的动物与花卉，也摆脱了现实世界的生长逻辑，阐明了另一种关于时间的逻辑——人在时间中的出神状态。

我相信，无论是常玉还是莫兰迪，他们对时间的敏感度和熟悉度都远超常人。而且，他们借助的是物，那些永恒之物散发出圣洁的光辉。尤其是莫兰迪，终其一生都在画物的精神肖像。

莫兰迪大概一直铭记伽利略的话，后者认为真正的哲学之书、自然之书中的文字，跟我们的字母表相去甚远。莫兰迪以艺术家的敏感，察觉到物与物之间天然存在的亲密关系，那就是圆柱体、球体、圆锥体之间的关系。他自由地排列、组合它们之间的关系，而那些灰蒙蒙的色调恰恰是对这种关系的真实把握。某种程度上，莫兰迪所做的就是对日常物体的“非日常化”表达，这既是他深入观察的产物，也是对现

静物／乔治·莫兰迪

实之物的想象与质疑。

常玉生命中的最后二十几年，除了短暂的出游外，一直居住在巴黎蒙帕纳斯沙坑街 28 号公寓里。在那间位于顶楼的寓所里，他画盆花静物，铁线般的枝条，色彩艳丽，且长满各种奇花异果——有中国的石榴、桃，还有飞舞的蝶、鸟，应有尽有，并用大肆渲染的红、黄、蓝、绿等，给人琳琅满目之感。这次，常玉使用的是最强烈、最炫目、最具冲突性的色调，与早期画作中的清淡色系迥然有别。从这一点也可以看出，常玉晚期对色彩越来越没有偏见，他按需索求，而不是听凭习惯的召唤。绚烂色调与超现实因素并置的做法，或许是为了隐藏内心的失落与虚无吧。

二战后的巴黎不再是艺术家的朝圣之地。随着年纪增长，体力不济，自由惯了的常玉大概也感到了某种不适。艺术家可以离群索居，可以隐藏现实生活的痕迹，但所有这一切在作品中必然暴露无遗。当面对自身的时候，任何人都无法做到不诚实，这是艺术的价值，更是人类尊严所系。

莫兰迪不允许家人打扫画室里的灰尘——它既是时间流逝的见证，也是物的归宿。从这个意义上说，灰尘是见证“真实”的物证，清洁则是对真实性的违背。莫兰迪画作中，那些蓝色、白色、黄色的器物表面，堆积着一层薄薄的、毛茸茸的灰尘，让我想起小时候祖母卧房角落里堆积的圆肚子、小口的瓮，其瓶盖上也是那种灰乎乎的颜色。

时至今日，我似乎还能闻到那股呛人的气味，生出一种时间流逝的悲怆感。大概就是为了真实地表现一个“尘埃”

与“光芒”同在的世界，莫兰迪创造了一种独特的色调，被后世称作莫兰迪色。这种低饱和度的颜色，暗哑、幽深，宛如笼上一层时间的迷雾，给人疏离感。无论是明亮的黄，还是纯净的蓝，在莫兰迪的理想国里，都成了灰黄与灰蓝，是某种色调在过度使用之后所呈现出的泛白的感觉。这是莫兰迪对时间的表现，也是其作为艺术家对绘画语言的重新发现。

常玉的粉色系列也给人类似的观感。常玉在粉色里加入了白色与灰色，使得那些粉呈现出斑驳感，减弱了粉色的亮度和纯度，使之更接近于暗粉或者粉白，从而模糊了粉色与周遭色彩之间的界线。

无论是常玉还是莫兰迪，都抓住了色彩的本质。他们将色彩从物的颜色，过渡到心理的感觉，进而营造出一种氛围。氛围与回忆有关，也与心理暗示相关。它是一个谜，猜不透，说不出。只有一次次不断地观看、沉思，进入其中，再出乎其外。除此之外，并无别的办法。

如果常玉看过莫兰迪的静物，或许会惊呼，一个异邦画家的作品居然流露出如此纯正、蕴藉的东方趣味，尽管是以西方几何语言表达出的趣味。极简的形与色，雕塑般的立体造型，在依稀的、可供辨识的基本形态中，追求似与不似之间的意趣。有些静物轮廓甚至微微扭曲，似乎是对个人精神遭遇的暗示。可以说，莫兰迪画的不是静物，而是最高意义上的精神之物。他的美感永远是简净的、混沌的，同时也是生机勃勃的。

常玉的用色方式多为整体平涂，色与色之间是分明的，或互补或对照，给人明亮和纯粹之感。莫兰迪却不同，他的色与色之间是渗透的、杂糅的，空间语言是错位与重叠的。他的色彩在平面和深度上，进行着融汇与交流，给人真实感。

有时候，我分明觉得这是浪子与隐士的两种不同选择。一个天真而率性，一个虔诚而谦逊。他们可以是同一个人的两面，互为表里，互相映照。

无论是常玉，还是莫兰迪，他们都属于那种室内画家。他们作品中的时间性并不明显，也不追求晨昏变化。在他们那里，时间好像是恒定的，而空间就是那个唯一的、永恒的室内空间，所有静物、花卉共同存在的空间。他们不热衷于野外写生，也不追逐大自然的光影变化。常玉是一个对光极度不敏感的画家，或者说，他注重的不是瞬时写生，而是回忆似的摹写。

关于静物画的构图，常玉和莫兰迪都非常注重静默空间中平衡感的营造，尤其是莫兰迪。在莫兰迪看似缄默的画面中，时时处处存在着言说的蛛丝马迹。比如绘画时的笔触、物与物的交叠摆放、物体边缘的碰撞与重合，画面中，那种颤动感始终处于运行状态。在色彩与形式之间，莫兰迪找到了一个稳定的框架。他的平衡感体现出修士般的虔诚与克制，以及艺术家的清醒认知。莫兰迪认为即使在一个简单的题材里，一位伟大的画家仍然可以实现让观者即刻产生情绪的感动和视觉的庄严。

莫兰迪所面对的不仅是简单的题材，还可以称得上是枯燥、乏味的题材。它们不过是些形状不一、高矮不等的瓶瓶罐罐，它们不主动产生叙事性，也没有物品背后的故事要讲；它们是日常用品，既不特殊，也不别致。初学素描者临摹的就是那些物品，除了勾勒物体的造型，甚至都不值得着色。

可莫兰迪给它们上了色，还赋予它们内部的暖光。据说，他是这样画那些瓶瓶罐罐的：一开始，他会在布面上涂一层鲜亮的色彩，之后，再用冷色调一层层涂覆上去。最后，观者所看到的这些灰蒙蒙的物体，便带有一种由内部生发出的隐约的光亮与暖意。

常玉和莫兰迪共同感兴趣的是，以何种态度走向他们酷爱的题材，走进题材的内部，去考量画面的布局。也就是说，他们关注的是物的位置以及物与物之间的关系，同时由这些关系所传递出的情感力量。这和叙事文本中，由对内容的关注转移到对叙事方式的更新有相近之处。

常玉早年所绘的《白瓶粉红菊》，瓶和菊花，以及它们和整个空间，有一种整体黏滞在一块的感觉。垂直的画面与造型，没有前景、后景之分，瓶身线条与周遭背景也缺乏明确的界线。画作背景看似单纯，却是各种颜色的微妙混杂与融合。在并不纯粹的白中出现浅蓝、粉红，并带出隐隐的菊的色调，给人视觉的斑驳感。而后期的《蓝底瓶花》，蓝色作为背景色，并不是整体平涂而成，其间透出许多空隙，瓶中的白色花穗也给人留白之感。在这里，常玉画出了一种轻盈感。这种轻盈感也是对中国传统绘画留白手法的更新。留白，不是空，也不是无，更不是画面的凝固和表意的停滞。相反，这幅画的内部空间是流动的。有一些微弱的光，从其

青花盆与菊／常玉

内部倾泻出来，好像那里面还有一个更大、更隐秘的世界。

纵观莫兰迪的静物画，其造型与配色都给人相似感，不过是物的增增减减及排列组合的细微变化，看似重复和毫无意义，但观者不仅毫不厌倦，还有一种沉浸在自身世界中的欢喜。

纵观整个西方美术史，莫兰迪是个异数。他不顾一切、心无旁骛地发展自己的才能和天性。他画的是物，但观者看见的是物背后的东西，在形、色、空间之外，我们感受到另外的气息。不论是紧凑摆放的物品背后空间的营造，还是画面中流出的氤氲之气，莫兰迪都遵循东方精神中的有无相生之道，让人想起八大山人，想起马远，想起石涛。

这位生于意大利北部的艺术家，是一位隐士。西方绘画史上也有一些这样的隐士，比如丹麦画家哈默修伊，但隐士的生活与画风之间并不具有必然联系。在此，我想到塞尚，是莫兰迪对塞尚绘画艺术的认同与追随，让他比塞尚走得更远。

写常玉的时候，我就想到塞尚，还想到八大山人，想到马蒂斯。但后来，我时常想起的人只有一个，那就是莫兰迪。我的脑子里总是装着他的静物画。我看过他的原作，尺寸很小，挂在展馆僻静的角落里，给人灰迹斑斑的感觉，很不起眼。

将常玉和莫兰迪放在一起，我更深地理解了常玉晚期作品的感觉。从莫兰迪出发去理解常玉，与从马蒂斯或莫迪利亚尼出发去理解常玉是不一样的。常玉当然不是莫兰迪，但他们之间似乎有一条隐秘的通道，它们来自对东方精神的追随。莫兰迪的时代不是一个封闭的时代，即使不能观看原作，也能通过报纸或杂志接收来自巴黎艺术圈的信息。有资料显示，莫兰迪在观看塞尚作品的同时，也观摩了中国和日本的水墨画。

在常玉和莫兰迪之间，我还想到一个人，就是南宋画僧牧溪。莫兰迪的瓶瓶罐罐可以看作对六百余年前牧溪《六柿图》的呼应。六个柿子，墨的六种颜色，其排列有的紧凑，有的舒缓，明暗虚实都照顾到了。

最终，我又想到常玉的《枯梅》。

梅是冬天里的花，是荒寒岁月的馈赠。它开在雪地、山涧、荒野，也开在驿外断桥边。而且，梅枝有一种天然的萧索之美。常玉以此为主题，断断续续创作了一些画。疏朗的枝条，极简的瓶身，线条、造型都很类似。那梅枝的造型不给人植物的感觉，像是由钢铁焊接而成，充满冷硬的现代感，整个画面却弥漫着古典韵味。两种貌似冲撞的风格，却被一种气息完整地统摄在一起。

这些瓶瓶罐罐、六个柿子以及花叶落尽的梅枝，好像是同一个人在不同年代、不同时间里绘下。它们不表现生机，却处处是生机。这些画面里也没有“我”，观者却时时刻刻感受到“我”的存在。

无论是常玉、莫兰迪，还是塞尚，他们都能从自身经历中找到素材，并且在重复的、不起眼的素材中，表现出新意和天赋。这里的素材不仅是素材，更是一种观看方式。如何去观看和感受那些梅枝、柿子、瓶瓶罐罐，如何从形色出发，

枯梅／常玉

最终超脱时间和经验表相，抓住事物本质，才是最重要的。

很久以来，童年和少年生活都是我的写作素材，也是别人的。如何在经验的旷野上搜寻熠熠闪光的碎片，将它们组合成一个完整的世界，是我努力的方向。在此过程中，“此刻”显得尤为重要。我们站在“此刻”的立场，运用“此刻”的感觉，去处理过去的题材。从这一角度来说，一切创作都是回忆和虚构。

绘画也是一种回忆，是在回忆基础之上的重塑。人们感兴趣的是这种回忆的生成机制，它是如何发生的。那些大耳朵、大鼻子、大门牙的象，为何变得如此幼小，变成陆地上最小的动物。

我说的是常玉的象。

他画有《白象》和《孤独的象》。象，向来被认为是庞然大物，有壮硕的体型、巍峨的身躯。常玉有没有见过真正的象，这并不重要，重要的是那些象在他的画面中，忽然变得很小很小，变得无限地小而孤独，好像它们向来如此。

我们似乎被这样的象打动了：一头看不出任何表情的象，奔走在无尽的旷野里，好似一个孤独的人类的孩子，在时间的洪流中摸爬滚打。

旷野可以是虚构的，象或许也是，只有艺术家的情感是真挚的。我们就是被这份情感的浓厚和纯粹打动了。莫兰迪曾说过，他关注的是由物与物的关系中所传递出的情感力量。在常玉的作品中，无论是《白象》还是《孤独的象》，这里面物与物的关系都是极其简单的，简而言之，就是一头象和世界的关系，就是“我”和世界的关系，也是“我”和自己的关系。

这是所有人，从开始到最终真正要处理的关系。

在人生的不同阶段，常玉处理的始终是最重要的问题——此时此刻的问题，哪怕是生命的最后瞬间，在他那里也不过是另一个“此刻”，并不比此前的时刻重要，或不重要。

作为一个人，常玉任性地选择了自己的生活方式；而作为一名艺术家，他难免心不在焉。他以毕生余力奔走推销自己发明的“乒乓网球”，而对画作多少有些听之任之。杜尚曾说“我最好的作品就是我的生活”，常玉不仅认同这样的观点，似乎也在努力践行之。

风景的辉光

——读东山魁夷的画

一

僧人或艺术家的顿悟往往发生在山穷水尽，肉身行遍世上所有路途之时，此前是旷日持久的寻觅，此后便是直面相对、别无选择。日本画家东山魁夷便是在行走北欧途中感受到“日本之美”的。那酷寒的冻土、宽广的针叶林，“那接近于无的世界中虚无缥缈的生之气息”——让他感应到在日本国内所无法体验到的东西。那是一种全新的东西，之前很久很久一无所见，一旦见了，便是一切。

在东山魁夷这里，所谓的“日本之美”不是指物哀、幽玄、侘寂之类。美不是概念，而是纯粹的感动与喜悦。北欧的雪，白亮的白桦树干，雾冰树，春雪皑皑的山岭……异乡的风景让他想到日本，想到风景的庆典，想到美与庄严。

从眼前的山川风物中忽然感悟到某种东西，那种类似于前世乡愁的东西，就像当年的三毛看到撒哈拉沙漠——我也有过类似的感受。那年冬日午后，我去天台山国清寺游玩。在此之前，还是学生时代，学校组织的春游活动中我去过那里。多年以后再度前往，我发现自己抵达的是一个全然陌生之地，重叠的峰岭中生长着松树、柏树及樟树，繁茂苍郁。林间有淡蓝色烟雾升起，还有田垄上俯身劳作的人们，以及一些影影绰绰、看不真切的东西。无论是林木，还是屋舍、禅寺，沿途所见的一切皆沐浴在冬阳清冷的辉光里。有冷凝的气息，有光影，还有雪意。后来，我看诗人、艺术家杨键的水墨作品“荒寒系列”，心里想到的也是那片冬日山野。我至今也无法说清那种感觉，好像我的故乡便在那里，自小在那样的山野中奔跑长大，而不是在四五十公里之外的邻县。不仅是风景，看到熟悉的文字也会有那种感觉，浑身通透的感觉，好像被什么东西照亮了，过去和未来被收归至合二为一的“此刻”，满满当当，焕然一新。

我并不知道东山魁夷在漫长的北欧冬天里看见了什么，但我在他后来的风景画中听到交响乐般的声响，它没有雄壮的气势、博大的境界，但其中所蕴含的岑寂、悠长的抒情性，宛如生命本身的律动，给人绵延不息之感。经历过贫穷、战乱、亲人离散的东山魁夷，创作对他而言宛如心灵净化的仪式。对一切风景和存在所持的肯定态度，形成他精神生活的根柢。现代派的颠倒、错位、扭曲、分裂在东山魁夷那里并不存在。风景对他来说从来不是怀疑和质问的对象，而是一种谛念。北欧旅行归来后，东山魁夷画中的风景不再是具体某处的风景，它随处可见，又无处可寻。

有时候，我甚至想不是强烈的日光，而是回忆之光照亮了那些呈几何形排列的落叶松林、杉树林、白亮亮的白桦树干以及雪光掩映中的各色林木，它们既辉煌灿烂，又幽暗蓊郁。东山魁夷很少描绘单独的树，它们总是列队出现，线条冷硬、规整，给人秩序感。哪怕是水中倒影也是如此。密集的树的阵列并不给人芜杂和混乱感，大概因为它不是对具体树林的写实性描绘——世上没有如此对称、笔直、洁净的风景，它们只能是一切风景的象征。

绘画和文字一样，皆有底色，那也是艺术家基本心性的流露。东山魁夷的作品给人的感觉是微冷，无论是深沉的冷白，神秘、幽静的青绿，还是华丽、寂寞的橙黄色系，都带着冬日清寒的气息，是清晨水边雾霭深重的气息。

在那些恍惚的风景里，东山魁夷试图表现出一种挣扎的、进入寒冷世界的勇气；但在具体画面中，他呈现的是勇气，而非挣扎。

二

庚子年春天，新冠疫情肆虐，人心惶惶。一再推迟之后，《沧海之虹：唐招提寺鉴真文物与东山魁夷隔扇画展》还是在上海博物馆再度展出了。我戴着层层叠叠的口罩在《扬州

日本国宝——用干漆夹纻法制作的鉴真坐像

熏风》《桂林月宵》和《黄山晓云》这些画作之间徘徊流连，不忍离去。这是我第一次看东山魁夷的真迹，还是他此前很少涉及的水墨作品。

当年，东山魁夷接下唐招提寺御影堂的障壁画创作任务，便决定在画下象征日本风土的山与海之外，还要画下鉴真和尚故国的风景。这一次，他产生了以水墨描写中国风景的念头，最终选择扬州、桂林和黄山作为取景地，并多次实地踏访。扬州是鉴真的故乡，而桂林和黄山足以象征中国山水。这三地的风景，或许也是失明后的鉴真和尚所念念不忘的故国山水。

我读过井上靖的《天平之甍》，淡海三船的《唐大和上东征传》以及林林总总关于鉴真东渡的史料，并写下数万字貌合神离的鉴真小传，因感到无法真正触及传主心灵，最终作罢。

鉴真东渡作为唐时重要的历史文化事件之一，我在学生时代便已通过历史教科书知晓一二。但真正认识到鉴真之伟大是在那年暮春的日本行之后。我在游览东大寺之后，记录了当时的心情，“虽不是佛教徒，那一刻，我还是感受到一种难以言说的激动，一时手足无措，好似被什么东西吸附了去”。当年鉴真和尚东渡抵日，首站便是东大寺；他曾在那里弘法，还为天皇和皇室成员受戒。遗憾的是，由于行程匆遽，我并没有去往著名的唐招提寺，那是鉴真和尚以目盲之身亲自指挥修建的寺院。据说沿袭了唐建筑的风貌，雍容华丽，气度非凡，将故国风物从脑海里一一搬至异国的山川草木间。明亮、轩敞的寺庙与行动受限的目盲之身，给我带来强烈的触动。不仅鉴真和尚，那个年代无数渡海而去的僧人无不如此，这也是伟大时代里人们所行的伟大之事。

东山魁夷要做的就是将这些感动融于风景之中，并在风景里一一呈现。为此，他无数次前往唐招提寺瞻仰鉴真和尚像，充分感受大和尚的伟人气度、超人意志力以及泰然、慈悲的风貌。漫长的东渡之旅，十二载惊涛骇浪，船只倾覆，爱徒死别，夙愿得偿之时已是双目失明之身。所有这些，让东山魁夷唏嘘不已。鉴真和尚的渡海之旅与东山魁夷本人的通往唐招提寺之路隐隐约约，合二为一。“只有自身内在之物通过外在之物的邂逅照应而在一瞬之间发生宿命作用，方能不由自主地沿着其间豁然闪出的道路执意向前。”这是东山魁夷在《鉴真和尚》一文里对大和尚行为及性格的解读，又何尝不是他自身行止的诠释。

这一次，东山魁夷决意放弃色彩的世界，去水墨的天地里遨游一番。风景不再是风景本身，而成了精神和象征。《扬州熏风》中出现的是杨柳，婆娑起舞的柳条，随风摆动的柳条，“昔我往矣，杨柳依依”，目盲的鉴真和尚在异国的禅室中回想故土风光，耳畔大概也会响起风吹柳叶的沙沙声。而在《桂林月宵》里，东山魁夷描绘了如群生的奇笋一般的山脉，它们成片耸立着，“群峰倒影山浮水”，他把现实中所邂逅的桂林山水之神奇以朦胧、幽远之笔法一一入画。还有《黄山晓云》里的缥缈景致。好像这些场景并非眼中所见，而是回忆中见；是目盲之人模糊而奇异的感受，是耳朵聆听、

桂林月宵／东山魁夷

双手抚触及鼻翼闻嗅的结果。观者循着记忆的风声月影，似乎也感受到了过往山河的体积、温度与气味。

至于鉴真和尚当年为何排除千难万险，矢志东渡，东山魁夷从唐招提寺森本长老处听到的一句话让他心有触动，也触动了我。

“因为，日本是个风景美丽的国家。”

公元七五三年十二月二十日，鉴真和尚踏上日本土地时已是失明之身，无缘目睹这个国家的风景，但闻得到泥土深处的芳香。后来，当失明的和尚站在天皇赐予的亲王旧宅前，也是即刻感到眼前有珠光宝气环绕，好似黑暗中出现五彩虹霓。那一刻，他双目微闭，喃喃自语：此处可立伽蓝！

这便是唐招提寺选址的由来。

诗人叶辉写过一篇简短的题为《地气》的文字，他认为人与其居住的地方，可能存在着某种亲缘关系。他甚至认为土地就是一种类似生物的东西，只是我们没有认识到而已。

鉴真目盲，浮桴东海，去将那荒废的亲王旧宅建成辉煌的庙宇，最后成了他驻锡、传戒和埋骨之地。可谓适得其所。大概，人的一生都在寻找与自己契合的风景，无论旅行家、建筑师、艺术家，还是僧侣，无不为此殚精竭虑。

三

某年冬天，为了求学，我在寒冷的北方街头漫走。那个晚上是平安夜，我从寒风中折回暂住的青年旅舍，一个温暖、干净的院落，暖气充足，宛如暮春。打开房间木门的刹那，看见桌上放着一颗硕大的红苹果，它饱满、宁静、透亮，好似刚从冬日的树枝上摘下。还有一张节日贺卡，清秀的字体书写着祝福语——我已经很多年没有收到任何卡片。对着苹果和贺卡，我陷入美妙的沉思之中，似乎闻到童年病中的抽屉里所散发出的果实氤氲的芳香。我以为自己已经遗忘了那种气味，它们被压在层层叠叠的往事的磐石底下，微若游丝。那一刻，我还想起圆明园里那片被冰封的福海。很多个冬日午后，我换地铁赶往那里，园子里的残垣断壁，黝黑、歪斜的树木，白花花的冻裂的土，这些苛酷的风景带给我一种异样的温暖感。我不倦地行走，看冰面上站立的黑天鹅，看枯萎的芦草、临风摇曳的花穗，还有那枯蓬残荷、枯枝败叶，北方荒寒大地上的一切无不带着凛然与孤绝之美。

我想起东山魁夷在北欧大地的游走，他去柏林、卢卑克、哥本哈根以及瑞典、挪威和芬兰各国，所到之地，所遍历的河山，皆是漫长的严冬，皆是黯然幽寂的世界。就是这些严酷的风景，让他体验到生之光华，寻获到心灵的故乡。“白日看不见的灯火，到了夜晚便在我面前闪耀。”他从青碧、深沉的天空，荒寒无人的原野，延绵的白桦林中看见闪烁的微光。

他要表现的是光，是时间缓慢流逝的感觉。

晨雾流移。白马出现在山麓湖畔。峭壁倒映在深湛的水中。山谷里，樱花云蒸霞蔚地开。在这些事物内部，被重新安置了计时工具。时间变得悠长、缓慢，近乎停滞，好像是寒冷带来了时间上的凝定和静止感。说来奇怪，我所能记住的大多数风景也与寒冷有关，似乎是那些极寒的气候给感官带来了更深的刺激，让记忆变得无比悠长。

如果不是从寒风中折返，对那枚出现在旅舍里的红苹果，或许就不会产生如此强烈的感受。果实所散发的馨香之气驱散了冬日清寒，勾起了更遥远的往事，我似乎从中获得某种救助。

风景对于东山魁夷来说不仅是自然里的草木植被、花开花谢，而且是某种确定性的永恒之物，岑寂和净福无处不在，安逸和坦然无时无刻不在——就像他画面里的树木，爽净笔直、岿然不动。

四

无疑，东山魁夷是一个风景画家，他画过白色风景、青色风景、橙色风景，他的艺术围绕着童年时便感兴趣的领域展开。他独自深入草原、山坡、湖畔和密林深处，在不确定的世界里寻找确定的东西。这些地方出现的风景各不相同。即使同一个地方，在不同时辰也是天壤之别。当他真正地、长时间地待在那些风景里，忽然明白了日常生活中所不能明白的一切，就像音乐家在某个音符的跳跃中刹那感悟到什么。

自然是我们每个人在童年时便努力亲近的事物，我们亲近自然，生活在自然的协调之中，直到有一天，我们中的大多数人离开那里，进入人群之中。而另一些人则继续追随它，甚至对它寄予更深的厚望。

里尔克认为后者就是艺术家。他说："艺术开始于当一个人接近一块自然界，并从它那里为某种非共同的东西，非同寻常的东西，个人的东西，获取词汇的那一瞬间。"

即使描绘的是北欧街头的石板路、红砖墙与教堂，也给人风景画般的冷峻感。而当东山魁夷开始描绘真正的风景时，他又像肖像画家那样平心静气，充满无尽的耐心。在他那里，最灿烂、最辉煌的风景也不乏寂寥感，这种深沉的寂寥感恰是画家面对人所共同面对的风景时所获取的个人体验，最为独特风格的展示。

在那些风景里，景物因经过高度提纯而呈现强烈的梦幻感与恍惚感，离大地很远，离人群很远，好像他表现的是遥远的、人迹罕至的风景，具有强烈装饰美的风景。其实，它们不过是平常风景的撷取和变奏。

东山魁夷似乎找到独属于自己的进入风景的方式。在风景的内部，在辉煌与黯淡、纷繁与幽静邂逅的瞬间，他总能获得一种罕见的音乐般的表达方式，色彩是音符，构图便成了音乐中的调性。他的很多风景画似乎是可以用来聆听的。比如《青响》。在山毛榉树林间，一道瀑布飞流直下将画面一分为二，但让人起聆听之念的不是“山中一夜雨，树杪百重泉”，而是青绿色内部发出的幽响。多么安静，声音的存在原来是为了表达另一种静。

东山魁夷的画居然给人目盲者特有的感受。他经常性地描绘黄昏、清晨及阴天的风景。树木笼罩在雾气里，岩石和峡谷总是暗影沉沉，极度虚化。比如著名的《雾》。画的是晨雾中的落叶松林，笔直的树干，枝叶脱落，几近于无，只在近处的小枝上长着几朵嫩芽。还有《清晨》。树与树影氤氲成片，或许还有细雨霏霏，它呈现的是初冬清晨的灰蒙感，这样的画面在白色系列中尤为多见。不论是雪花、雾气还是霏霏细雨，它们无疑都属于严酷的气候，属于冬天，但东山魁夷描绘这些，绝不是为了呈现冬的肃杀及凛冽，他在意的只有美，那种朦胧、微妙、细致入微的美，遥遥地与“日本之美”相呼应。

我不知道东山魁夷是如何调制出那种微妙的青绿之色的，唐招提寺御影堂里描绘日本风物的《涛声》与《山云》也是这种色系的呈现。这似乎是呈现东山魁夷风格的标志性颜色。它脱去了压抑与悲哀、忧愁与沉静，酝酿出一种特异的气氛。没有人能将这种色彩表现得如此细腻、幽微，充满梦幻气息，好似明月从林间坡地缓缓升起。

东山魁夷的绝笔之作《晚星》也是梦幻般的湛蓝色调。湖水、树木、星辰、倒影，都沐浴在星光般的蓝色里，所有

晚星／东山魁夷

景物以倒影和对称的方式呈现，有无对照，虚实相生，给人灵魂深处的慰藉。关于这幅风景画，他曾在文章里写道，这不是某地具体的风景，而是某天晚间梦见的风景，从此之后再也无法遗忘的风景。

当年，川端康成离世的晚上，东山魁夷住在一间冷清的温泉酒店里，寂静的夜，窗外是一望无际的天草滩，他抬头望见了那颗星。东山魁夷在悼念文章《星离去》中写道："这颗星子使人感到不比寻常。它是夜幕上一颗清澄、朗洁的明星，然而它那闪闪烁烁的样子，它那迸发出的光辉，似乎眼看就要飞向太空，化作一片光明，然后归于消失。这是生命一瞬间放射出的光辉。"那星光辉耀的刹那，正是川端康成肉身死亡的时刻。

风景画《晚星》里也有一颗闪闪烁烁的星。在群山之上，它迸发出明亮、清澈的辉光。这大概便是东山魁夷对死亡的想象吧，他已然准备好迎接这一刻的到来。这是星光的召唤，也是最后的回家之旅。就像萨福在一首叫《暮色》的诗里写道："晚星带回了／曙光散布出去的一切／带回了绵羊／带回了山羊／带回了牧童回到母亲身旁。"

它也让我想起顾城的《墓床》："我知道永逝降临，并不悲伤／松林中安放着我的愿望。"

多么轻盈的语言，表达的却是最不轻盈的体验——关于死亡的体验。它也不是体验，而是想象。

《晚星》是东山魁夷对即将到来的死的想象和祈愿。那一刻，微风停止吹拂，湖水不再晃荡，人世的帷幕徐徐落下。

没有挣扎和苦痛，没有哀怨和彷徨，一切都将回到永恒的自然的寂静里，回到最初的晨光照彻大地的那一刻。

五

一直不愿以“美”为唯一标签来定义东山魁夷的作品。事实上，东山魁夷是永不餍足的美的摄取者。他反复地渲染美，肆无忌惮地表达美。观者的目光在美的画面上肆意遨游、流连忘返，就像水中落叶被卷进旋涡深处，甘愿随波逐流，无心他顾。

那些美的风景中从来没有人和动物。直到有一天，一匹白马跑进《水边清晨》，跑进《白马森林》，跑进《呼唤春天的山岗》里。十年之后，这匹白马继续在《绿色回响》中奔驰。

关于这匹飘忽不定的白马，连东山魁夷本人也无法解释。他只是说，“这里描绘的白马也好森林也好，都不是现实中的，而是来自我的空想”，白马远远脱离美的范畴，给人强烈的虚幻感。这精灵似的造物，天生担负着这样的使命。干脆，它就是被那些美的风景——清晨的湖面，白色的森林以及繁茂幽深的林木——一点点召唤而来。下笔之前并没有这样一匹白马，但它忽然出现了，自然而然地出现了。“白马是钢琴旋律”，是水中倒影，是空谷里的回音。

绿色回响／东山魁夷

美学家苏珊·朗格曾说过，每一件真正的艺术品都有脱离尘寰的倾向，它给实际产品以某种虚幻的光泽。东山魁夷的“白马”正是这样的存在，它的出现使得美的风景脱离尘寰的禁锢，展现出飞翔或升腾的特质。当然，“白马”还会以一株白色矮树、一盏灯光、一道瀑布或一轮明月等形式出现。面对它们，观者的体内自然会升腾起对荒野和远古的向往，风景的澄澈与庄严被上升至宗教的境地。

在东山魁夷的风景画中，大自然演奏着白色、青色和橙色的交响曲。观者也被带入这色彩的丛林中，恍兮惚兮，沉浸其中。“如果樱花常开，我们的生命常在，那么两厢邂逅就不会动人情怀。”东山魁夷的艺术世界正是建立在短暂和无常之上，它是明月与樱花的邂逅，也是落红与流水的邂逅。

他在一篇回忆川端康成的文章里如此写道，“将先生和我连起来的一个纽带是把世上看成无常，自己则是过客”，这大概就是所谓的“临终的眼”吧。东山魁夷正是以“临终的眼”观看世上一切之风景，他对风景的态度不是抽离和超脱，恰恰是更深的沉浸、深彻的照见，是刹那金光闪烁、忘乎所以。他描绘的不仅是风景，更是心灵的窃窃细语。风景化为记忆的回声与画家呼应，更与观者形成共鸣，或干脆成为片刻回忆的触发器。

他早年的作品《乡愁》与《路》——那条泛白的、通往未知和抽象秘境的道路早已成为人生之路的象征。在这样的画作中，每个观者都可为自身游走四方的想象力找寻到安放之地。

路／东山魁夷

回顾过往人生，我至今还记得那些特殊而艰难的时刻，白纸上随手画下的混乱无序的线条，恰恰是内心惶然心绪的写照，眼前道路看似有无数条，当真的行动时却发现早已无路可走。但这种发现并不让人感到沮丧，而所谓的“无路可走”也并非真的如此。相反，人生中那样的时刻实在弥足珍贵，它让你冷静地看待自己以及今后要走的路。

较之平常人生，艺术家的道路从来都是扑朔迷离、险象迭生。东山魁夷最终走上绘画之路也绝非偶然。而且，即使站在选定的道路上，也并不意味着从此之后必将拥有明亮的坦途，那往往是新一轮磨难的开始。艺术与人生的严酷既是双重打击，更是成全——如何将风浪的袭击视为命运的常态，如何在波涛翻滚的时代保存自身的创作才能，便显得格外重要。

少年的东山魁夷曾在海面上游泳，并被巨浪卷走，片刻的惊慌失措之后，他即刻找到保命之道，他明白奋力挣扎或激越反抗都可能将事态导向不可扭转的一面。事后，他如此回忆这段少年历险记，“这波涛是危险的，然而……除了在这波涛中生活下去并无出路”，他懂得如何在严酷的环境中保存生命本身。

那是一切生机得以延续的根本。

东山魁夷的创作正是从《乡愁》和《路》开始，从一条苍白、寂静的窄路通往艺术的殿堂——那里风景依稀、树影幢幢。如他自己所言，最能显示自然生机的时刻并非阳光普照的正午，而是清晨和黄昏光影交替的刹那。

感觉与物

——读常玉的画

一

很多时刻，眼前之物纷繁杂乱，却一无可见。一旦视觉的记忆开启，宛如地球内部熔浆涌动，一发而不可收。某一日，读到“少女与永生”这几个字，脑海里迅速浮现出常玉的女体。

那诉诸直觉、迅速被记忆的过程，实在让人难以解释。约翰·伯格在《观看之道》里说：“我们从不单单注视一件东西，我们总是在审度物我之间的关系。”童年时，将画报上的图片剪下，贴在白墙上，直瞪瞪地看，孜孜不倦地看，如入幻梦。那一看再看的过程，不过是为了延续看图时的“感觉”，想要再经历一遍那份神秘的战栗。

文学作品也因感觉而来，它借助文字的载体，并将感觉形式化而成各种体裁，或小说或诗歌或戏剧。感觉之于文字，就如酵母之于烘焙事业，不可或缺，不可替代。我一直在想，常玉的画作如何得来，一定是反复临摹、练习、思考的结晶。作为观者，我们只见到最终成型的状态，对之前漫长的寻觅和创作过程却一无所知，这种取消了所有过程的“乍然相逢”，让人惊喜之余也起了探寻的念头。想起第一次读罗萨的《河的第三条岸》，那种无以言表的熟悉与战栗，好像那是自己前生前世的作品，某一次梦中写下，经历若干时光，终究还是记得，永远记得。

所有的创作及观看，不过是为了寻找和体验那种感觉，印证它的存在，证明我们在这个世上真正生活过、爱过。无论文字、线条、色彩，还是音符，大抵如此。

常玉的画作中，我最先看到的是裸女图，那些裸露的身体横躺在毛毯之上，紧紧地挨在一起，好像对周遭出现的事物恍惚，感到惧怕。那是少女们的身体，神秘、处于发育期的身体，像蝌蚪、像鱼、像人体飞行物，游弋在金色的沙漠、黑暗的河流及人类永生的河床之上。

这些画面中都有什么呢？无非是点、线、面，不过是造型与色调，内容与形式，世间任何一幅优秀画作该有的元素它都有。人们似乎可以任意拆解它，组装它，就像组装一台设计精妙的仪器，但画作毕竟不是仪器，文学作品也不是。

有段时间，小说家们惯于做的事情是“拆解小说”，按某种结构法，将里面的“人物”一个个剥离开来，好比法医解剖尸体。但一个解剖学家，永远不可能按照元素、比例和结构的法则，制造出一个活生生的人来——这是康定斯基的话。

他在《艺术与艺术家论》一书中，还写道：“亨利·卢梭（法国印象派画家）有一天说，每一次，当他听到一种特殊的，来自‘死去太太的声音’时，图都画得特别好。所以，我也建议学生们在听到‘这样的声音’时画图。”

康定斯基说的就是感觉，创作要有感而发。上帝在抟土造人之后，又往那些泥人身上吹了一口气，如此才成为人。“感觉”就是上帝嘴里吹出的那口子气，要是没有它，那些泥人徒具人的形体，却不能成为真正的人。

一部作品一旦有感觉之气的灌注，便活了，便能听到水声淙淙，看到竹影摇动。所以，亨利·卢梭要在听到死去太太的声音时作画，原始人在猎获之前要以歌舞度过漫长的一夜，这其中的道理或许可以解释为那些声音、歌舞唤起了他们的感觉，它们是召唤，让血脉偾张，气息饱满。

创作者随时随地等待那种感觉的到来，就像牧羊人等待风吹过燥热的平原，干渴的旅人等到石缝里涌出清泉。

人们等待的仅仅是一些值得等待的瞬间。

二

所有动物中，常玉只择取少数几样入画。它们是马、豹子、鹿、猫等。尤其是马。马居于敏感地带的核心位置。英国画家乔治·斯塔布斯也画马。唐代画家韩幹画过一匹叫照夜白的马。与常玉同时期的中国画家徐悲鸿，更是以《奔马图》名世。

同样是画马，艺术家的着力点却截然不同。徐悲鸿的马雄浑有力、英姿勃发，处于永恒的奔跑状态。常玉的马更像一种处于幽寂状态的抒情动物。如果说前者是白日战场上厮杀的“勇士”，乱石奔云、惊涛拍岸、排山倒海而来，那么后者就是傍晚月光下踌躇不前的“幽人”或“精灵”，它们娴静、优美，超然物外，也可能混沌、茫然，无所依傍。并且，常玉的马不在草原、丛林等现实空间里，而位于超越的时空之中。

常玉从不绘制自画像。他将己身化作马，化作粉色的、黑色的、白色的马，他以马去完成自我精神之塑像——那就是他的自画像。

当粉色成为一匹马的颜色，我们便知道常玉所画之马不再是任何因袭的传统形式。对于事物，他有重新命名的野心。如果徐悲鸿之马是有力的、是雄壮的、是宽广深厚的家国情怀，那常玉的马则是漂泊的、恍惚的，甚至是梦幻而率性的，独与天地精神相往来。

常玉感受世界的方式是个人的，从而也是敏感的。在他的画面中，没有家国、主义，甚至连东方情调也不显著。与其说常玉在寻找自己的形式，不如说他更关注心灵的声音。种种迹象表明，常玉在实践他的极简主义。罗马尼亚雕刻家布朗库西也是此精神的践行者，他认为简洁不是艺术的终点，但人们通常会在接近事物本质的时候获得简洁。同样，极简

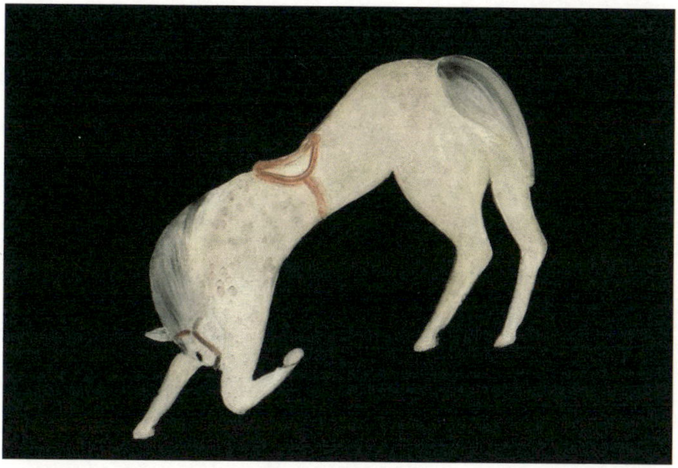

主义不是空无所有，而是不断剔除冗余，让更重要的凸显。

任何形式都非固定不变，它由必要性产生，比如“深海的鱼没有眼睛，大象有长长的鼻子，变色龙不断改变身体的颜色”，但更取决于精神性。凡·高扭曲的星空，蒙克无声的“呐喊”，达利软化的钟表，都属于此类。

所有的撼动都来自同一个事实：形式之下所蕴含的精神。这是所有艺术存在的本质。其中，真实性是最高法则。用康定斯基的话说，无论艺术家画的是什么，唯一不能缺少的是真诚。

问题是，这一切是如何发生的？为什么是毯子上的裸女，而不是别的事物进入我的感觉领域，并长久保存下来。那种“似曾相识”，那种“无法解释”，那种“莫名的感动”，就像一个被反复诉说的谜。当看到那样的画，读到那样的文字，聆听到那样的音乐，那些“感觉”便被召唤出来了。

具体到创作过程，我们不过是将自己身上原本就有的东西表达出来——就如显影液使得影像最终成型。它们存在太久了，自童年的某个黄昏就开始了。我们等待那个东西成长、成熟，最终落地。或许，当真正成型时，它早已是另外的东西。恰恰是这个新诞生的事物，属于艺术范畴的事物，成为一切感觉的集大成者。就是康定斯基在《艺术与艺术家论》中所讲的，作为艺术的仆人，画家永远应该只提供艺术所特有的东西。

理论无从解释，一切都是感觉的事。

三

一个叫尚·克劳德·希耶戴的犹太画商在一篇叫《魔法师常玉》的文字里如此写道："裸体画这种艰难的题材往往很容易过时，不是成为装饰画，就是沦为沾沾自喜的情色作品。但常玉的作品不属于此列。在常玉不容妥协的纯净线条中，可窥得一丝激烈的表情。……这是最贞洁的中式形体。它见证了西方文化的入侵。"

同时，尚·克劳德·希耶戴还提到，常玉的静物画直接启发了乔治·勃拉克最棒的作品；绘画史上，人们津津乐道于乔治·勃拉克和巴勃罗·毕加索受保罗·塞尚之影响——立体主义被作为是塞尚精神的直接延续，而对后来的勃拉克受惠于常玉静物画的事实却鲜为人知。

面对常玉的静物画，我时常有屏声静气之感。目光所及，除了花卉、果盘、枯枝外，还有一种它们出现时被带出的气息——宁静的、渊深的，属于旷野的气息。它们以色彩、线条、造型出现在布面上，携带着幽深的回忆而来。就像那个透明的柱状玻璃瓶里的白花、粉花，花形模糊，有梦幻般的气息。那是一束新娘捧花。

回想少年时光，病床窗外，一丛叫水姜花的植物开在天井边，开在夏日清晨的凉风中。素花洁净，裸裎以白；形似蝴蝶，薄如蝉翼。它们被我摘下，夹进书页里。很久之后的某一日，无意中翻开那本书，发觉幽香早已沁入字里行间，阅读的间隙，丝丝缕缕散逸出来。蝶形花瓣脆薄、泛黄，在静谧的书页间，安静地喘息。这是一个漫长的过程，一个不断沉淀和剔除冗余的过程，最终是融和。

同样，常玉的静物画是一场场流动的、色彩的盛宴，拘谨与洒脱同在，平淡与天真并存。时间流逝中，它们被保存下来，好像获得了某种连续存在的意义。一枚桃子，一株海芋，一束蔷薇，那些白菊和粉菊，都是如此。物的敞开的本性将人们引入一场对话中，去感受那混沌而模糊的色彩的狂欢。

所有静物置身的空间里，还有一个更大的空间；它不是一处无信息、无信号的区域，它将观众拉入画作中，在美与想象的驻留之地，任意遨游。这样的沟通并不诉诸语言，而是另有一套心灵密码。它是绵长的呼吸，也是万物的欢会神契。

在钢琴家张易安的回忆里，常玉是一个天真而纯粹的人，颇有些孩子气。常常一个人在公园里一坐便是大半天，喜欢与树木、蚂蚁说话，自娱自乐。在熟悉的朋友面前，他会兴致勃勃地谈论他的“乒乓网球”事业，言语间表现出对钱财的幻想，充满孩子气。晚年物质困窘时，他只好以彩绘墙壁、做木工和油漆工维持生计。

而早年，常玉初抵巴黎之时，流连于巴黎画派的画家们常常光顾的圆顶屋咖啡馆。在友人王季冈先生的回忆中，常玉“其人美丰仪，且衣着考究，拉小提琴，打网球，更擅撞球”，当他在咖啡馆里以铅笔即兴作人物素描或速写时，友人徐悲鸿正在达仰·布弗莱的画室里苦练基本功。

常玉以自己的方式实践着对绘画的忠诚，对精神自由的

水果静物／常玉

终极追求。后来，同行们纷纷学成归国，常玉却选择留下，并永远留在那里。当晚年陷入物质困境，面对回国邀约，他也是以无法习惯早起、做早操而婉拒。

常玉静物画的背后，是其人格和审美的坚守。说是坚守，或许并不确切，他不过是随心随性地生活而已——一个人自由选择生活方式、居住地点，面对潦倒与挫败，也自会有缓解的办法。张爱玲说："他们只能够创造他们贴身的环境——那就是衣服。我们各人住在各人的衣服里。"

常玉的人生之旅，足可以证明人可以创造一个独属于自己的环境。

我喜欢这里，然后我来了，并且留下。

这就是常玉。

四

盛夏，厦门夫（cháng）美术馆，常玉画展。展品大都是他抵巴黎后前十年内所画的裸体速写。黑白展厅安静而萧索，人气不足，冷气却十足。那些女性裸体，或水彩，或毛笔速写，简约、散淡的勾勒，并不造成视觉上的狂热感。

这些裸体在那里，在白色的、黑色的墙上，它们只能在那里，被动地被观看。寥寥数笔，却一气呵成，简洁、轻快、从容。它们大多画在随手可及的纸张上，普通的白纸，或咖啡厅里的垫餐纸。

我被其中一幅横卧姿的女体速写感动。

淡赭色纸面上，一具身形瘦削的女体，双臂交叉置于脑后，脸庞微微转向左侧，五官线条略有些模糊。画面中女体的上身是仰卧的姿势，而下身则采取右侧卧位，其左右双腿的粗细几乎无区别。画家这种将上身与下身置于不同水平面的处理方式，不仅没有造成视觉上的错愕感，相反还给人一种整体的浑然与谐调感——包括女体“梳齿状”的脚趾（画法与手指同），也只是略微勾勒几笔而已。

这一张女体速写，摹写的并不是现实生活中具体而微的血肉丰满的形象，而是来自时间深处的形象，一种被无限时空所挤压的、量感很小的形象。她是瘦小的、少肉的、模糊的，从而也是抽象的。

不用说，这个形象当然是孤单的，甚至连孤单也感觉不到。其前后左右都为虚空，无可凭借，无所依傍，就是这么一具从天而降的女体，横躺在那里，好似躺在亘古不变的时间的河床之上。或许一开始，她还表现出好奇张望的神态，将手随意枕在脑后，是回忆，还是瞟觑？

纵是从洪荒世界一路漂流而来，但那个古老的诘问“你是谁，从何而来，又去往何方”已变得无比虚弱，甚至微不足道；既然一无所知，索性也就不必去了解了。画面中，与其说是女体，不如说是一些线条和点的组合，它们是界限，也构成了内容；除了这些孤单而清坚的点与线，就没有别的了。

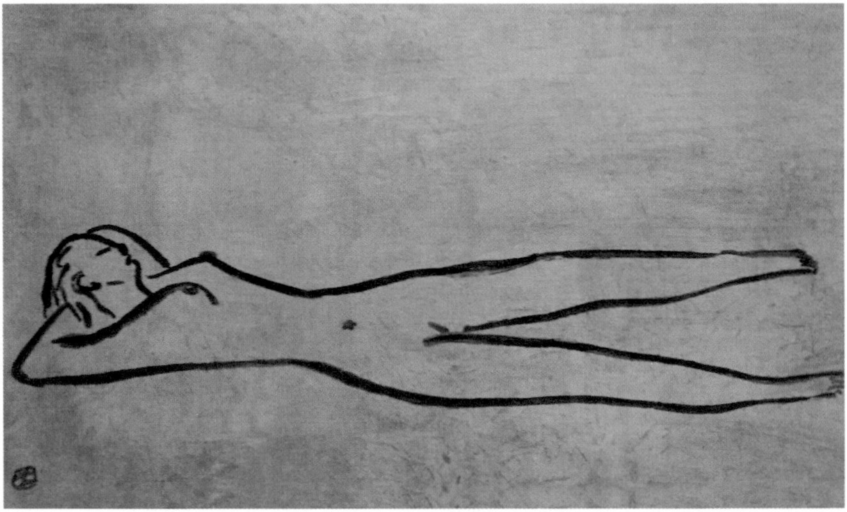

人体速写／常玉

画家最终想要表现的大概就是这么一点荒凉感吧——什么都没有，但终究还是有点什么的那种感觉。

我想起一本书：《荒野中的女体》，那是张爱玲作品的评论集。脑海中浮现出张氏作品中的女性形象，病后的川嫦，小时候的霓喜，老了的曹七巧，还有被生活硬生生地扭曲掉的姜长安，她们都是瘦的，不仅瘦，还有些松垮，甚至颓唐了。这些畸形的人物是张爱玲所熟悉和偏爱的，她在写她们的同时，大概也是在作自我心灵的剖析吧。

显然，常玉的这一张裸体速写不再属于写生的范畴。他写的是一个人不可知的内心。庞薰琹曾如此回忆常玉："最有趣的是他把周围的人，不管是男的女的，年轻的或中年人都画成是女的裸体。"

所有一切不过是载体。

在保罗·塞尚那里是苹果，在乔治·莫兰迪那里是瓶瓶罐罐，在草间弥生那里是花朵与无穷无尽的圆点和条纹，而到了常玉这里则成了女性裸体。找到一个载体并不难，这世上总有什么是可以吸引我们的。其实，他们也不是拿这些苹果，这些瓶瓶罐罐，这些裸体女人，当作物体来表达，他们是拿它们当作唯一存在的世界来表达。

五

它安静地躺在那里，好似躺在蛮荒的沙地上，并不关心自己身处何地，未来又去往何方。所有经过那里的人，也不会生出任何关心的念头。它近在眼前，我们却要透过什么东西，才能看到它。

这不是西方传统意义上的裸体画，也不是十九世纪后半叶出现的符号裸女——它们都是一种透明的、完全展开的状态，再没有什么需要进一步揭示。中国传统绘画里没有裸体画，它关注的是山水、人物、花鸟虫鱼。传统山水画首先是一种美学，一种秩序，一个静穆、深邃的精神空间，然后才是写意的山川大地、江河湖海。

常玉携西方现代精神返回中国古典艺术的场域中，以现代派的极简、变形、夸张、幻想等手法，实现东西方艺术的冲撞与融合。他像画静物、花卉一样，去画人体。他像表现自然山水那样去表现裸女身上的轮廓和线条。那些裸女，既寂静安详，又怅然若失。观者在这些裸体画面前，只是观望着，却不涉及自身，从而“客观”“冷静”和“超脱”。时间在这一刻停止，感觉被唤醒。常玉对细节和线条的省略，唤醒了我们的感觉——不是对人体，而是对画作本身和其形式后面的空间的感觉，它既是空的，也是等待着的。

它们在等待某物的进入。

常玉的裸体画呈现一种未完成状态，就如这幅沙滩上的裸女图，女体仰卧，没有来处，亦不知所终。裸体画在常玉那里除了是一种新鲜的、吸引人的载体，还因为它与中国传统绘画如此不同，它统一了形式和材料、抽象和感性、情欲和身体。

古希腊以来，自然之美和身体之美互为典范。身体的和谐，既是宇宙自然的和谐，也是毕达哥拉斯定理的和谐。这是西方社会的身体观和美学观，他们认为身体应该像风景一样到处绽放，充斥着整个宇宙。头部象征天空，胸部是天与地的连接，腹部则代表着肥沃的大地及其丰饶的生殖力。在西方，身体的和谐既是结构性的和谐，也是几何、数字与音乐的和谐。

东方人的身体则是写意的身体，是《洛神赋图》和《采薇图》中的身体，是梁楷《八高僧故事图》中的身体。这样的身体，从起先的彼此孤立，到慢慢与草木、河水融为一体。这是一个极其漫长的过程。自然成了背景，它是烘托，更是人物精神个性的写照。那些雪景、竹枝、枯木和水鸟所组成的世界，既封闭又开放，永远诉说着言外之意，不可企及之物。

当到了《泼墨仙人图》和《太白行吟图》，自然和背景随之消失，人物成了主体和全部，无须需任何烘托。梁楷的泼墨仙人造型，五官以线简单勾勒，身体举止豪放不羁，肩部以大笔侧锋浓墨急速书写，远的肩部以几笔淡墨一一呈现人物构图。整个画面造型，俗相尽脱。而在绘制《太白行吟图》时，梁楷更是以削弱线条运用的方式，创造了他的减笔法。画家借诗人仰面苍天之落拓不羁的形象，表达了自身的精神

泼墨仙人图／梁楷

面相。

至此，中国传统人物画全面进入本体自觉阶段。

罗马尼亚雕刻家布朗库西之语“人们通常会在接近事物本质的时候获得简洁”，在梁楷和他的《太白行吟图》中获得了某种印证。

艺术需要距离来相会。中国传统绘画忽略裸体，大概是因为其对“毫无距离感”的厌恶。那不仅出于道德审美的考虑，更关乎理想。传统绘画对观者的要求是全方位的，也是苛刻的。常玉裸体画对背景和细节的忽略，是一种试图唤起更多感觉的努力。他告诉人们任何意向性的表达都在笔墨和构图之外，在那些没有着墨的地方，藏匿着一个远离推敲的美学世界。

它真诚地期待并邀请观者进入其中。

平林漠漠，光阴消逝，飞鸟进入暝茫的夜色之中。

浮世即景

——读爱德华·霍珀的画

一

爱德华·霍珀的画作，让我想起美国作家理查德·耶茨或雷蒙德·卡佛，想起《十一种孤独》《当我们谈论爱情时我们在谈论什么》等书中的人物。当他们来到某处公共或私人空间，大概便是霍珀画作中神思恍惚、缄默不语的时刻。

这些画面很像一部电影的分镜头，饱含着情绪和故事的汁液，此前此后发生的一切都在其中，可由此推演下去。它是取景框，也是瞄准器，“一个由情绪和感觉所主导的虚像空间”，是每个行走的人于惊鸿一瞥中所记取的主观印象。

几乎所有观者都可从中辨认出自身踽踽独行的身影，在旅店、咖啡厅、电影院、车厢，甚至自家餐厅里。这些画面指向同一状态，指向孤独、冷峻、寂寥、疏离等人类共通情绪，但它们又不仅关乎情绪。

爱德华·霍珀的画作呈“凝聚”状态，有人物和聚焦点，哪怕是风景，也给人强烈的在场感，是某个人物眼中充满情绪化的风景，而不是对景物、树木的罗列。故事被藏在暗处，每一笔鲜亮色彩的背后都隐藏着一个深渊或一座冰山。

霍珀是捕捉场景氛围的高手，就像一个出色的短篇小说家。与短篇小说家不同的是，他无须任何渲染和铺垫，只需将那个最重要的场景和盘托出。大多是密闭空间里的人物，通常还有一扇通往外部世界的窗户，那既是阳光进来的地方，也是人物远眺的方向。那些人物即使身处人群之中，彼此间也毫无交集。他们习惯性地选择某个临街的咖啡馆或餐馆作为旅途中的休憩地，就像《夜鹰》（又名《夜游者》）里的人们所做的。

《夜鹰》很像海明威的短篇小说《杀手》，诡异、紧张的气氛，给人一触即发感。梯形玻璃所阻隔的通宵餐厅里，共有四个人：背身而坐的神秘男子，一对郁郁寡欢的青年男女，以及吧台后面的服务员。他们的神情、姿态各异，哪怕近在咫尺，彼此却被一种无形的东西阻隔。观者的目光与画面中的人也是隔绝的，不仅有梯形玻璃——它很像热带鱼缸——还有夜色与阴影在此氤氲、涌动。

关于这个作品，所有生活在都市丛林里的人大概都有话可说，但每个人能说出的东西又截然不同。它很像一个人回望时所看见的世界，既无法进入其中，又觉得那里面孑然一身的人很可能就是自己。这样的画作要求观者参与其中，在此场景中停下脚步；与此同时，又有另一种力量在促令其前

夜鹰—爱德华·霍珀

行，不允许出现任何逗留。正如美国诗人马克·斯特兰德在《寂静的深度：霍珀画谈》一书中所言，这两股力量之间产生了一股张力，它们贯穿于霍珀作品的始终。

浮世即景。人们很难忘记《纽约电影院》里敛目支颐的女引座员、《科德角清晨》里前倾着身体的粉衣女子、《四车道公路》里呆若木鸡的男人以及《自助餐厅》里垂首沉思的女子。他们很像同一个人在不同时空场景里的演绎，那是我们每个人的生活，游离在现实生活之外，就像幽闭症患者被漂白过的生活。

二

很多次夜行路上，车灯所照的路边出现一张凝滞而若有所思的脸，辨不出更细微的表情，却有一种莫名的震动。车子从他身边驶过，早已疾行而去，脑子里滞留的画面却持久不散。那表情的主人自然不会在意曾出现在自己脸上并一闪而逝的东西，更不会意识到自己的存在已被一个陌生人看了去；好像发生在一个人身上的某些东西，要由另外的目光来审视和看见，如此才具有额外的意义。

某种意义上，画家扮演的便是这“另外的目光”，将这注定逝去的场景以梯形、几何图像的方式截留下来。观者被牵引、卷入其中，他们来到安静的车厢、午夜的自助餐厅以

自助餐厅／爱德华·霍珀

及剧院里的过道上。过于明确的所在并没有减弱人物身上的梦游性质；他们似乎在等待什么，更多的时候却是无所事事。他们的神情动作停留在某一时刻，与周遭的物体、光线、阴影形成某种呼应。即使没有人物的画面里，我也能感受到这种气息，一个被禁锢的角色正在离开，还未走远，或许还站立在暗影之中。那里残留着等待者散发的气息，比如《宾夕法尼亚黎明》。空无一人的站台，轨道和出现在轨道上的火车尾部，画面左侧是巨大的近乎方形的灰白色柱子，右下角则可能是之前的等待者所站立的地方——一架装有轮子、可移动的推车。画面正前方则是两栋工业建筑，也是黎明的曦光最先穿越的地方。

《楼梯间》也是如此。观者站在楼梯上望下去，尽头是一扇敞开的白色木门，门外是处于昏暗光线中的深山密林，显然是另一个深渊。画面上没有人。人站在画作之外，站在高处的楼梯间，惶惑不安地打量着这一切。而门外每一事物都是对人之存在的呼应。

霍珀作品蕴藏着强烈的等待者的气息，景物、建筑、静物以及光线都像人物一样孤立无援，代替人在时空的流宕中无所事事，无处可去。观者想要知晓那空间里发生的一切，却无从得知。或者说，这空间或场景本身已将一切和盘托出。最熟悉的场景里有不可知的秘密，也有隐匿的不安。霍珀没有任由这些情绪发酵，变成蒙克画作中声嘶力竭的“呐喊”，他做不动声色的冷静处理，永远也不会去露骨地揭示什么。

《海边的房间》是被各种宣传资料引用最多的一幅，也被无数爱好者观赏并临摹。这里面的空间不再是《宾夕法尼亚黎明》或《楼梯间》里所呈现的充满对抗与不安的空间。《海边的房间》里，来自门外湛蓝海面上的光成了主角，它打在墙面和地面上，形成一个光的梯形，也是那个通向大海的房间里唯一的陈设物。透过门缝隐约可见另一空间里的场景，摆放着满满当当的日常物品。那已然成为过往岁月的残存。霍珀让门外出现宽阔的海面，而不是黑暗的密林或者灰蒙蒙的建筑物，《海边的房间》由此从禁锢中释放出来。这是一种全新的感觉，似乎房间里经年生活的人早已从那敞开的大门里跳下大海，泅渡而去。

值得一提的是，有个叫劳伦斯·布洛克的美国推理小说作家，邀请霍珀画作的热爱者撰写以画家作品为题材的短篇小说，最后结集成《光与暗的故事》。其中有一个叫尼古拉斯·克里斯托弗的作家写了一篇同名小说《海边的房间》。那座荒凉而人丁稀少的海边宅子，其惊人之处在于每年都会自动增加一个房间，当初的承包商和建筑师如何探寻都无法获悉真相。宅子里的女人诞生于一个隐秘而古老的两栖家族，当她停止漫长的陆上生活就会变成海洋生物。生命中的最后一年，她要待在海水里，直到从那里消失——就此返回生命诞生的源头。

这部小说对霍珀同名作品进行了美妙的回应，尤其是那些无法解释、处于不断增加中的房间，以及女主人公家族来自大海又将回到大海的宿命。霍珀的画作，尼古拉斯·克里斯托弗的同名小说以及写作本身——它们都是可延绵、通达

海边的房间/爱德华·霍珀

的领域，它们通向湛蓝的大海，通向风声和未知的旅程。各艺术门类之间，以及艺术与自然之间的交汇，无时无刻不在发生，就像海边宅子里凭空增加的房间，无处不在。

三

霍珀画作中有无数凝望与远眺的瞬间。禁锢其中的人物向着不远处的窗外，或光源所在的地方——画面之外的空间投去凝思性的一瞥。观者很难从人物表情中获知他们究竟看见了什么。他们只是被光吸引，那个充盈着光的空间好似正在发生不同寻常之事。

那些人是《科德角早晨》和《清晨阳光》中穿粉色裙子的女人，《宾夕法尼亚煤镇》中持耙的男人，以及出现在《阳光里的人》中的人物群像，还有《远眺》里那个形单影只的男人坐在一个有两扇大窗户的房间里。

这些人的姿态有些怪异，甚至略显僵硬，似乎被冥冥中的事物分了神。说不出他们在等待什么，更像是受到骤然而至的神秘事物的召唤。那一瞬间，世间万物静止不动，陷入一种因光线所招致的“魔幻般的寂静中”。

霍珀艺术的核心或许在于画作中无法被看见的东西——画面之外的事物，它们的存在让画中人物面目空茫。相应地，人物的反应也触动了观者的神经，他们站在画面之外目睹这一奇异时刻的降临，却一无所知。

观者的这一反应在面对《阳光里的人》时尤为强烈。一群穿戴整齐的人，面朝已被虚化处理的起伏群山，其神情坐姿好似坐在剧院里观看什么重要节目。只有那个专注于阅读的男子凝视着手中书页，与其他人的行为构成一种反差，谁也不知这个男子为何会出现在这里，如此迥异的行为又暗示着什么。如果只是日常的晒太阳，何必如此正襟危坐。对此，艺术家只是呈现，却不负责解释。

所有这些远望的行为大都发生在窗户前，或拥有奇异光亮的地方。光带来未知，也带来可能性。“窗户”是霍珀画作中的重要物象。他让人物靠近窗户，或干脆一动不动地坐在窗前。有些房间里还不止一扇窗。窗户的存在使得光影、未知事物大面积涌入，给整个空间带来不安和异样感。人们被禁锢在此，连窗户的存在也无法改变这一事实。

现代社会中的人大都有过这种经历，因某些原因被困在一个局促空间里，站在窗前张望便成了唯一可做之事。当原本熟悉的世界必须通过窗户才能观看得到——只可观看不可抵达——那一切都变了。熟悉的物象成了抽象的存在，没了结实可感、纤毫毕现的细节，个性化的体验被取消了。人物意识出现游离，就如霍珀画作中的人，好似“被画外的某样东西所魔怔了”。霍珀对光的捕捉也是如此，他不是对现实中的光线感兴趣，而是在没有光的世界里想象光束的存在。它们不是日常生活中该有的，更像是在电影里，或在回忆中。

正如建筑师勒·柯布西耶所说“光与阴影使事物成形”，

阳光里的人／爱德华·霍珀

霍珀画作中的阴影明确、锋利，毫不留情。而那些非自然光线，宛如舞台上的追光，勾勒出人物永恒的困境。他们安静忍耐、沉默不语，好像事已至此，一切都不值一提。他们沉浸在自己的世界里，一个拒绝透露细节的世界，除非你自己也身在其中。小说家、戏剧家彼得·汉德克曾说过，我就是凭借不为他人所知的那部分自己而活着。这大概也是霍珀画作中人物的心声，隐藏自己成了至高无上的美德。

四

霍珀有一幅画作叫《铁路旁的房屋》。阳光下，那幢位于铁轨边的灰蓝色房子，投射出灰蒙而深重的阴影。天空也是灰蓝色的。底部的铁轨则是丝绒般的暗红和深褐色。不仔细辨认，根本察觉不出那就是铁轨。没有火车经过时，它更像是一段无用的摆设。那幢房子完全占据了画面中心，给人岿然不动之印象。风格繁复的欧式门窗似还贮存着往昔的荣光。即使时间流逝，它兀自存在，不被摧毁。

它让我想起生活中那些孤零零的房屋。城市化进程中，它们拒绝被拆迁，拒绝接受遽然终结的命运；站在数十年、上百年来所站立的土地上，以近乎荒腔走板的行为，维持着某种近乎颓败的尊严。现实生活中，它们不过是苟延残喘，是堂吉诃德与风车之间的交战。

画面中，房屋与铁轨离得如此之近，就像我们坐火车旅行时经常看见的风景。每个人看到它，大概都会想起一些什么。童年所寄居的房屋，随着最后一位亲人离世，已然完成人世的最后使命。沐浴在记忆之光里的片段变得极不真实，就像发生在一个遥远的梦境里，而每一次凝视都在将其推向日常生活之外。

除了铁路旁的房屋，霍珀还画无人的教堂、空荡荡的城市屋顶以及海上灯塔。他最喜欢画空房间，那些剔除了使用功能的空间，被光线和阴影重新占领，日光愈是强烈，它们愈是散发出与世隔绝的气息。

《海边的房间》似乎飘在海面之上，但落在墙壁和地板上的光线又可感可触，没有海边空气里黏滞、湿漉的气息。一扇很大很大、接近于门的窗户——或许它本身就是门，直通大海。属于那个房间的神秘气息便来自湛蓝、幽深的海，海是所有神秘感的来源。霍珀画作中的房间很少面朝大海，这或许是绝无仅有的一次。在此之前，他房间里的窗户对着延绵的远山、幽深的密林，高楼一隅，漆黑街景，或干脆是另一扇窗户。它们很像是另一种禁锢的场景。而大海不是。大海指向远游、遁走，可回溯至生命的源头。

《空房间里的光》是霍珀的晚期作品。

没有大海。一间安静、侘寂、空无一物的房间，只剩下光。窗外有树影摇曳，却不能进到屋里来。室内，象牙色墙壁上落着一大一小两块方形光斑——那是光“在同一房间里两次跌落”。这种近乎禅意的表述，无可诉说，一切尽在空白和

空房间里的光／爱德华·霍珀

光里。这是一幅难以言喻的杰作，无法被陈述和归类。

霍珀曾说过这样的话，“当还是孩子时，我就觉得照射在房屋上部的光与照射在低一点地方的光是不同的。当看到上部的光时，我感到无比愉悦”。在《空房间里的光》里，那束落在房屋一侧近乎散淡的光好似对虚无和空的抚触，后者正是霍珀式美学的核心。它们的存在柔化、消隐了人生困顿之底色。相比《夜鹰》强烈的电影镜头感，它则像一帧照片，或一组空镜头。摄像机跟随着光，缓缓移动，随时可终止。

有人认为霍珀一生的创作实践类似于一个“感知—崩溃、断裂—重构”的格式塔，他真正可倚赖的只有自身经验，这也是那些极富场景感的画面让人感同身受的原因。

《空房间里的光》是霍珀作品中的空灵之作，剔除了人物、画面张力、叙事性，还原为一束光线的旅程。

五

艺术家兼作家布莱恩·奥多尔蒂认为霍珀的画作是“一幅巨大的自画像”，从个人自画像逐渐过渡到对群体心灵的描摹，将主观的情绪、情感以一种艺术的方式传递给特定环境中的个人。

某种程度上，霍珀由笔下人物感知到自身存在，并与自我相遇，他们是旅馆房间里无所事事的女孩，四车道公路上抽烟的加油站老板，酒店高窗前穿茜色连衣裙的女人，还有城市夏日里深陷悲痛之中的一男一女。从这些人身上，霍珀辨认出某种熟悉的气息，一种贫瘠而荒凉的精神生活本身。

对艺术家而言，创作从来都是一种私密经验，霍珀本人也说，“很难解释它们是如何形成的，但在头脑中孕育是一个漫长的过程，是一种不断上升的情感”。

如果说霍珀的绘画性属于现实主义，那也是一种自创的现实主义。作为艺术家的霍珀身兼数职，既是明里暗里的旁观者，特殊时刻的目击者，更是人类情绪、情感的深度体验者。霍珀以绘画反观自身，将自身完全置于画作之中，正如福楼拜所言“我就是包法利夫人，包法利夫人就是我”，当他写到包法利夫人服砒霜自尽时，嘴里也感到一股难言的苦味。霍珀也说过“一个艺术家的才华建立起的作品就是他本人”等类似的话。

霍珀在创作《两个喜剧演员》一年后辞世。画面中，两个穿白色演出服的喜剧演员站在深蓝的背景前，站在舞台临界处，向着不存在的观众谢幕。这里面的人物就是霍珀和妻子约瑟芬。两个白色的身影宛如精灵，随时可跳出深暗的空间去往任何应许之地。酷爱戏剧的霍珀将舞台上的人物与自身进行角色融合，表达了生命即将落幕时的感受。

作为一名深度目击者，现实生活场景从爱德华·霍珀眼前如潮水般逐一退去。曾经有过的孤独、悲伤、苦闷、疏离等情绪，就此化作谢幕时的身影。画面中，霍珀与妻子兼模特并肩拉手，互相致敬。曾有过的寂寞与深恸不过是人生舞

两个喜剧演员／爱德华·霍珀

台上的剧目，当黑夜降临，人们自可离去，从此获得解脱。

艺术没有通行的规律，一个艺术家只有在自己的灵魂深处才能找到所谓的规律。爱德华·霍珀的秘诀或许就在于表达自身情感的能力。关于何为创作中的“情感”，毛姆的看法是，作家不是去同情笔下的人物，更重要的是去体会。他还说，作家没有同情，有的是心理学家所说的称作“移情”的心灵相通。

艺术的世界若按照人类的情感通约来运作，人人都可凭自身的情感密码进入其中，畅行无阻。情感之于创作，就如露珠之于青草，漫天星辰之于无尽的夜晚。

漫长的返乡之旅

——常玉的绘画生涯

“中国一位非常聪明的画家住在巴黎，名叫常玉。”

“常玉很老了，一个人住在一间很高的楼房的顶楼。一年卖三两张小画，勉强地维持着生活。他不认为这叫作苦和艰难，自然也并非快乐。他自由自在，仅此而已。”

黄永玉在《沿着塞纳河到翡冷翠》一书里写到了常玉。常玉的画一度被看作儿童画。他早年画作的收藏家亨利·皮尔·罗什去世后，其妻丹尼丝将常玉的作品从曾经悬挂马蒂斯和毕加索等人作品的墙壁上取下，放入储藏室；后来，有一位叫尚·克劳德·希耶戴的藏家向她买下常玉的所有作品，丹尼丝很高兴将它们全部卖掉了——她认为常玉的画非常像“儿童绘画”，这也是她急于脱手的原因。

这是顾跃在《常玉》这本书里披露的事实。

这位叫亨利·皮尔·罗什的收藏家，生前还是一位颇有天分的作家，他在晚年写下自传体小说《祖与占》，被弗朗索瓦·特吕弗拍成电影。我看过小说《祖与占》，也看过特吕弗的电影《朱尔与吉姆》。这是一个典型的法式三角恋爱故事，有一种让人心碎的美感。看过电影后，我似乎明白收藏家亨利・皮尔・罗什为何一眼就能看出常玉画作朴拙中所蕴藏的动人之处，就好像小说《祖与占》里的两个男人不约而同地被一具来自远古的女性雕像平静的笑容所吸引。

二十世纪三十年代，常玉由速写、素描、水彩慢慢过渡到油彩的阶段。甫一开场，他便获得了亨利・皮尔・罗什的青睐，后者曾经是毕加索、杜尚、勃拉克等人的经纪人。其中，海明威的导师、"迷惘的一代"的发言者及引路人格特鲁德・斯坦因也说此人交友广泛，"能将任何人介绍给任何人"。

于是，常玉与这位大名鼎鼎的收藏家亨利・皮尔・罗什相识、相交，并获得其资助，后来却因经济问题交恶，从此之后，常玉便对画商有一种病态式的戒备，这也是导致他后来经济困窘的主要原因。

在被后来的研究者称为"粉色时期"的那段时间里，常玉便开始了终生不变的绘画主题，女体、花卉与动物，特别是女体——这似乎是常玉来巴黎的主要原因。只有在巴黎，他才能拥有这样的自由。即使没有饭吃，他也要请最好的模特。他从女性裸体上获得了中国传统画家只有从自然中才能获得的美感与体悟。

一度，常玉与徐志摩、邵洵美、梁宗岱等文学家过从甚密，还为他们中的某些人画过速写头像。可这些抵达巴黎，又匆匆离开巴黎的人，不过是巴黎的过客。即使常玉的画家朋友徐悲鸿、林风眠等人，也决定不再当巴黎的浮游生物，纷纷

徐志摩像／常玉

学成归国。只有常玉成了巴黎的常驻客。谁也不知道他为何留下，是为了更自由地画裸体画吗，还是另有其因，不得而知。

常玉于一九二〇年抵达巴黎，一九六六年在巴黎的公寓里悄然辞世。其间，他去过柏林、纽约、埃及等地，或旅行，或参加画展，或推销他的“乒乓网球”，但只有两次短暂的回国经历，一次在一九二六年，另一次在一九三七年。关于这两次短暂的还乡之旅并没有太多的文字记载，特别是一九三七年的那一次，抗日战争全面爆发。祖国大地，山河破碎，饿殍遍野。据说，常玉这一次回国是为领取那所剩不多的遗产。早在一九三一年，常玉的大哥常俊民（以经商为业）过世，常家后人不擅经营，加上战争破坏，家族产业很快不继，家道中落也是意料中的事。常玉回国期间到底经历了什么，为何匆遽而返，从此再也没有踏上故国的土地——在外人看来这些事情近乎一个谜，但在当事者那里不过是顺乎本性、自然而然的行为。

常玉必须待在巴黎，他需要那里的空气，无法想象自己生活在别的地方，这世上没有一个地方可与巴黎相比。

据当年与常玉一起赴法的友人王季冈回忆道，“他在沪每见华捕随意殴打江北佬黄包车夫，就愤愤不平，却又无可奈何，曾言到巴黎讨口再也不回来，其不理政治为何物可以见之”，友人口中的常玉率性、自由、散漫，当初未抵巴黎，为黄包车夫打抱不平、气愤之时所说的话，也算是一语成谶。

常玉有传统文人的典型性格，清高、淡泊，不为名利所诱。去巴黎后，又受到波西米亚风的熏陶。如果说整个二十世纪美术史上，还有人与他性属同类，那这个人就是马塞尔·杜尚。这位颠覆艺术的艺术家，性情恬淡，从来不与人谈论自己的作品。常玉也是如此。他可以对自己发明的“乒乓网球”津津乐道，赞不绝口，可一说到画作，就闭口不语了。

在常玉朴拙、简约的笔调之下，藏匿着一股精确而纯净的力量。他明白自己到底需要什么，并如何去获得。包括他在第一时间选择了大茅屋画室，而不是国立巴黎美术学校——他首先渴望的是融入那种自由而疯狂的生活，他需要在其中熔炼，并获得洗礼。他想体验真正的巴黎式的生活，不仅梦想着进入往昔的巴黎，还梦想着进入更好的世界。

巴黎蒙帕纳斯街区最著名的咖啡店——圆顶屋咖啡店，不仅常玉是那里的常客，还有法国艺术家马塞尔·杜尚、摄影师曼·雷、女模特 Kiki、日本画家藤田嗣治以及立体派画家弗南·勒泽，或偶尔或经常地出现在那里。

对常玉来说，一切都没有什么道理可讲，就如他遇见那个叫玛素的娴静、端庄的法国女子，他给她画速写头像，两人同游枫丹白露，几年之后，他们又分道扬镳；就如寒冷的冬天，当走进温暖的餐馆，孤独的他大概还是会选择坐在那张临窗的无人就座的餐桌前。

在朋友们眼里，常玉过了几年好日子，殷实的家境让他衣食无忧。他请的是巴黎城最好的模特，画的是最艳丽的人体；画布之上，寥寥几笔淡描的线条，处处可见“肉的热气”。他衣着讲究，在咖啡馆悠闲地看《红楼梦》，拉小提琴，家中汇款一到，便挥霍一空。总之，如他自己所言，在巴黎他过着率性自由的波西米亚生活。当然，后来的那些日子，所谓捉襟见肘的日子，他也坏不到哪里去。巴尔扎克小说《浪荡王孙》里有对这一群体的文字描述，“他们一无所有，随遇而安。他们的宗教就是保持希望。他们的法典就是相信自己。这些年轻人……从来就得不到好运的青睐，但是总能驾驭自己的命运”，此段文字似乎可以成为常玉波西米亚式生活的注脚。

人们对他人处境所做之定论，惯于从经济角度去揣测，因为那是最方便、最容易识别的。常玉由富贵家庭出身到近乎赤贫状态，被视为一个重大转折，甚至成了粉色时期与黑色时期的分界线。当然，物质生活对人的精神状态之影响是存在的，甚至起着至关重要的作用。鲁迅曾感慨地说过从小康之家坠入困顿是可以看出世人的真面目的。常玉虽然可以不必去看世人的真面目，但浪子生活的衣食无着、漂泊无依，却是确切无疑的。

常玉有应付的办法，但只限于应付。说到底，一个艺术家真正要应付的从来不是日常生活，所以对常玉而言，世俗意义上的生活既不会更好，也不至于更糟。重要的是，他一直在画画，从没有停下过手中的画笔。而且离故土越久，他越清楚自己应该画什么。他笔下的记忆来自过去，那是从故国母胎中携带而来的矿藏，是他骨头、血液及梦境里流淌的东西。

在记忆的残垣断壁里，常玉翻翻捡捡，找出了漆器、刺绣、民间吉祥符号，找到了麒麟、鹿、蝙蝠、大象等动物，还有菊、荷花、牡丹等静物。他在画布上孜孜不倦地画着这些，不仅因为它们是记忆中的物，还因为这些物能将他带至一个梦境般的世界。1945 年，常玉在法国《解放报》上发表了一篇针对毕加索艺术的评论文章，这更像是他对自身艺术理念的阐释。他认为艺术家应该“与时俱进”，去寻找能给予他们永恒的青春和力量的神；并且对艺术作品中的幻觉特性，怀有坚定的信念。

常玉认为一件作品的力量在于构建一个虚幻的空间，这个空间的存在是为了向着那更为无限的空间掘进和敞开。常玉式梦幻空间的营造物，全来自东方故国的馈赠。他看似偶然地、以童稚的涂鸦手法画下它们（他认为画家画这些东西不应该有所选择），画面下方或角落里排布着盘长纹、长寿纹和钱纹等符号，与表现主题并没有太大关系，但当这些吉祥符号与民间图案以一种与记忆相混合的方式出现在画面上，便成了独特的观看方式。

常玉曾说过，“一张画的题材是它最大的秘密，在那张画成功之前，决不能让别人知道”，这也是作为艺术家的自觉。常玉对自己画下的一切，整个从无到有的过程，充满警觉。

从这一点来说，常玉绝不是随意作画，即兴地选择进入画作的物件，尽管给人的感觉往往是如此。他所有的作品都有一种相似性，它们导向一种共同的精神境遇，观者因此产生一种模糊却奇妙的感受，这种感受不断得到强化。与此同时，画家自身孤儿般的境遇也在那形而上的空间里持续显现。

常玉使用的是油彩和画布，而不是笔墨与宣纸，当然他

郁金香 | 常玉

也用毛笔画过速写——那是来巴黎之后的尝试。他总是不断地改变自己，知道自己所要解决的问题是独一无二的，没有任何前人的经验可以借鉴。伦勃朗画得很好，但现在的人谁也不可能像他那样去作画。而且，要是伦勃朗活到今天，他也不会像之前那样去画。今天的人们所画下的只能是属于今天的经验，过去的已经失效，未来的还没有到来。

从1920年去国离乡，到1937年最后一次匆促返回故国，并再次离开，永远离开。常玉在异乡待得太久了。从某种程度上说，巴黎是常玉的精神故乡，是他自己选择的城。他的生活和艺术，他的所有可能性都在那座城里了。

马雅可夫斯基也在巴黎住过，他写过这样的诗句，“我真愿意／终生住在／和死在巴黎”，但他最终还是回莫斯科去了。

太多的人来过巴黎，又纷纷离它而去，而巴黎故我。

住在巴黎城的常玉，与故人、往事离得太远了，它们像逝去的梦境那样遥远。琐屑的记忆被淡化了、抽空了，真正留在心灵板壁上的东西又如此漫漶不清。他需要一个有效的形式，一个题材，让自己看得更为清晰。

至此，一条漫长、跌宕的返乡之旅正式开启。另外，画家的味蕾也在不断要求回到过去，那是一种更为顽固、难缠的记忆。常玉的生平并没有留下太多可供复述的往事。在众人模糊而浮泛的回忆里，都会不约而同地提及这位中国艺术家对烹饪食物的特殊兴趣。在巴黎，常玉为出版社写过《中国菜食谱》，画家的厨房里常年摆满四川风味的调味品，而且他厨艺一流，常以家乡美食款待朋友；甚至在去世之前，还给四川南充的家人写信，希望他们寄家乡的“红豆腐”到巴黎。

川人嗜辣，辣味的纯粹与猛烈，给人一种身体上的销魂感。对辣的嗜好及对故乡食物的依恋，伴随常玉终生。

与饮食上酷爱“辣味”相反，常玉在绘画上走的却是清淡路线，主张以尽可能少的色彩去表达更丰富的内涵。如果还是以食物作比，他认为欧洲绘画犹如繁丽、丰盛的宴席，端上来的是各种肉类、烧烤、煎炸食物，而他自己的则是清新、淡雅的蔬菜水果沙拉。他的画作只采用三种基本色调，或者更少。简约的色调，并不必然传递出“平淡天真”之神韵，极端的精巧也未必能抵达极端的朴素。但我们从常玉留下的静物、花卉及动物作品中，体验到一种混沌、恍惚的美感，想起老子《道德经》里的“惚兮恍兮，其中有象；恍兮惚兮，其中有物”。

常玉的作品并非以情感人，而是通过对“情”的克制，甚至对“美”本身的克制来抵达幻境。他想要抵达的不仅仅是“美”，更是变化中的事物，它们可以是“美”，也可以是“不美”的东西。后来，他逐渐把注意力从裸女转移到花卉和动物身上，后者倒是故国的水墨画家们惯于表现的题材。可常玉所画的花卉与动物，与所有人都不同，甚至与林风眠他们也不同。他以独特的笔法，以敏锐的感悟力和造型力，以他的“心”，将现实与非现实进行了艰难的融合和转化。

从粉色时期到黑色时期的过渡，是常玉漫长的创作实践期，也是他“心”的修行期。他从来都知道自己要去哪里。包括当年他选择大茅屋画室，并在巴黎过着自由却贫穷的生活，并不是追求什么虚静、淡泊的境界，而是他认为生活本该如此。

画画的时候，他尽量剔除习惯性的画法，对任何属于传承的、别人的东西，保持足够的警惕。每画完一张画，他总是一再简化它，去除所有装饰性的东西，让它看起来是它本来该有的样子。他想让它们保留只属于自己的痕迹。当别人看到那样的造型、线条、色彩，就会想起他。这是他的作品，是属于他本人的彻彻底底的孤独。

常玉从不主动与人谈及画作，但在对毕加索作品的谈论中，他泄露了自己的激情和秘密。“我完全被吸引了，沉浸在一个梦里”“艺术家们创造的人类样式是和神相近似的”“我们需要去寻找一个新的神，他会给予我们永恒的青春和力量”，在此，常玉使用的完全是诗人的语言，好像描述的不是一幅绘画作品，而是一项划时代的视觉奇迹。或许在常玉看来，绘画的过程就是见证奇迹诞生的过程，平常的观看方式被打破，一种新的审美眼光由此确立。

常玉的画，总能在第一时间抓住观者的心，从眼睛迅速抵达心灵。他们相信这些画面的存在，而不是怀疑；常玉从不提供怀疑的东西，怀疑是会把人推开的。常玉想要抓住的是最本质、最独特的东西，也是最基本的东西。当晚年行动不便，被人问起年龄时，他一副浑噩茫然、世事皆忘的表情。

想必他早就忘了时间的存在，也忘记了孤独。只有他的作品依然涌动着生机，甚至比早期所画更显示出某种隐秘的活力。

常玉绘画的基本主题向来被认为是“孤独”，这大概与他去国离乡的经历及浪荡子的身份有关，但我宁愿相信他处理的是“日常与神秘”的关系。他经历过最动荡的二十世纪上半叶，抗日战争及第二次世界大战都是发生在他窗外大街上的事。他耳闻目睹，不可能毫无感觉。但他并没有将这种感觉以画面的形式直接表现出来。德军占领巴黎期间，常玉买不到绘画材料，便购买廉价的石膏，制作动物题材的雕塑作品，如马、豹子、鹿和狗，依然是往昔喜欢的题材，造型风格上也是他一贯审美的延续。好像战事并没有发生，一切都是平常日子。后来，他终于买到油彩，又开始作画，但在那些画作中依然找不到那些东西。

尽管他画的是最普通、最日常的事物，被无数人的眼睛凝视过的事物，但当常玉画出它们，一切都变得不一样。马不是寻常的马，粉色小鹿充满着黎明时的梦幻气息，机灵、奔突的豹表现出不合时宜的多愁善感，尤其是那些花卉，幽静、唯美、梦幻，好似沐浴在神性的光芒里。画面所传递出的神秘幻觉，来源于我们每个人心中的审美无意识。常玉以直觉画出它们。贾科梅蒂则以另一种直觉和感悟，塑造出另类的动物像和人像，它们像幽灵一样奔跑在战后欧洲的大街上。贾科梅蒂与常玉同是大茅屋画室的同学，两人都经历过战争，但是他们很不一样。贾科梅蒂以“变形”的方式抓住并揭露了人生及命运的真相，常玉的方法是将眼前事物推移

趔趄的男人（雕塑）／
阿尔贝托·贾科梅蒂

到很久之前，造成时空交错的恍惚感。但他们都打破了人们熟悉的视觉经验，创造出全新的观看体验。

无论表现的是何种题材，东方式的虚静和梦幻都是常玉作品的背景语言。他所画的一切，都是从那个土壤里生长出来的。越到后面，他越明白这一点。他知道只要调匀呼吸，屏声静息，就能够进入那个世界。但他画得很少，经常在巴黎大街上游荡，或咖啡馆里一坐就是大半天。在巴黎的大半生时间里，他一直在训练和调整观看的技艺。每一次，他都感到自己快要找到那条接近正确的道路。

他逐渐老去，行动不便，越来越耽于沉默。他对未来不抱幻想，也不为画作的命运担忧，它们最终能不能保存下来，并产生影响，这都不是他要关心的。他使用的是很不利于保存的油画纤维板；最困窘的时候，他不仅买不起颜料，也买不起烧饭用的菜籽油。他以油漆取代那些颜料，在层层叠叠的画布上涂了又画。

夺走他生命的是一场意外的瓦斯泄漏事故，据说是与朋友消夜之后，忘了关掉阀门。他双手捧书，于睡梦中安然去世，让我想起晚年张爱玲在洛杉矶公寓的离群索居。而常玉没有刻意离群索居，晚年也有交往的同辈及晚辈朋友。他在画最后一幅画时，还给好友、《巴黎晚报》的记者达昂打电话。

这幅《孤独的象》意外地成为常玉最后的作品。那位于画面中心小象的彷徨与奔走，可当作他在漫长的艺术探索之路上的象征与缩影；而小象最后所抵达的黄沙漠漠、金光闪耀之地，也可作为常玉艺术上臻于化境的隐喻。其实，常玉的绘画风格非常一致，从他对物象的处理上可见一斑。早在十九世纪四十年代，他就画过一幅《白象》，同样将象置于广阔、渺茫的空间之中，同样将简洁之美发挥到极致。

不同的是，此次，这头黑色的象正置身于一个逐渐明亮的世界，其周遭被神秘的光晕所环绕。那是常玉在不断“省减”之后，所添加进去的东西。那些光，那些透过黑暗大地照耀过来的光亮，好似来自某个未来世界。

这是冥冥中的召唤，常玉感受到这种召唤。当画下这头孤独的象，他也走入象所置身的天地。最后时刻，他还要一再简化它，以确信它的存在。很多年里，他都在幻想或等待此刻的到来。他没有想到，这一刻真的来临时自己会如此平静，甚至如释重负。在此之前，他并不知道那会是一头象。尽管二十年前他就画过它。他们彼此十分熟悉。

现在，漫游归来的它，与他重逢在明亮的世界里。这是一种真正的相遇。用米兰·昆德拉的话说，是相遇不是交往，不是友谊，也不是结盟。

在所有的光亮中，常玉找到的是一头孤独的象。

白象一常玉

塞尚与圣维克多山

一

观塞尚的画，就像进入一座色彩斑斓的旧宫殿，无论静物、肖像，还是风景，都脱离静物、肖像和风景本身，将某种强烈的自我意识发挥到极致。这是一个激烈、紧张，将自我怀疑与自我期许进行到底的人。

关于塞尚，中学美术书上就有他的静物画，灰扑扑的画面中隐藏着摄人心魄的美感。此后，看他的自画像，看到一颗敏感、落魄的老灵魂，宛如丧家犬彷徨四顾。

毕加索曾说，塞尚是所有艺术家之父。塞尚的重要性不言而喻。他是独木舟，很多人通过他与大海相连。无法想象没有塞尚的西方艺术史，会是怎样惨淡的光景。塞尚是画家中的画家，是所有艺术家学习的楷模。毕加索、勃拉克、贾科梅蒂、莫兰迪、马蒂斯，甚至大诗人里尔克都是塞尚作品的拥趸者。里尔克在给妻子克拉娅的信中，以近乎狂喜的语气谈论塞尚。他说，当自己凝视塞尚画作时，好似有一种领悟像燃烧的箭射中了他。里尔克的《观看的技艺》记录的便是这一触动心灵的过程。

塞尚似乎不属于他所生活的时代，他独立于任何时代、环境和潮流之外。塞尚的一生，画过无数只苹果。内向的画家只对沉默的苹果赞赏有加。他曾打趣说，没有哪个模特能像苹果那样长时间保持静立不动的姿态。塞尚是把苹果当作永恒的人体来研究，它们清新芬芳，充满光泽。塞尚对苹果的挚爱，很容易被当作艺术家的专注来解读，就如向日葵之于凡·高，睡莲之于莫奈。但苹果在塞尚这里，似乎另具深意。从苹果身上，塞尚辨认出球形、圆柱体及圆锥体等一系列几何的重叠与堆积，它们蕴藏着造物的结实与庄严感。

看塞尚画的苹果，苹果边上的葡萄、李子、高脚盘，别的分不清形状的水果，以及皱巴巴的餐布——一种奇异的感觉出现了。这些由画笔或画刀所累积而成的细小笔触，这些物象表面的层叠漫漶，居然带来庄严的、庆典般的气息，好似观者面对的是一幅古老的壁画或一出严肃的戏剧。

塞尚的苹果，有类似漆器的质感，饱满、光洁，散发出一屋子宁静的气象。质朴而克制的笔触在苹果与器物表面打转，隐隐指向艺术家创作时的凝神静思与犹豫不决。塞尚从苹果身上找到创造事物的新方法。建筑物般精确的构图，醇厚丰富的色彩与强烈情感之融合……塞尚看似轻而易举便实现了深刻、纯粹和辉煌，实则是无休止斗争的结果。

一篮苹果／保罗·塞尚

由苹果所获得的新发现，刷新了塞尚的艺术认知。塞尚所走的路，也是古往今来所有艺术家的道路。视觉世界的每一次发现，都将对过去几世几代累积的经验造成冲击。

塞尚画作中，每一种色彩里都可找出与别的色彩合作的影子。它们彼此渗透，互为印象，发展出坚固而耐人寻味的整体。与印象派大家追求瞬间的光影变幻不同，塞尚的作品指向对事物永恒性质的描摹，他致力于构建时空的绵延性和统一感。关于整体世界的构想始终在艺术家的头脑里挥之不去。

塞尚天性敏感，总处于犹豫不决之中。一些矛盾的、反复性的思想在他头脑中狂风骤雨般激荡不息。任何微不足道的障碍都可使他陷入绝望的境地。从他留下的生前与友人的通信中，可知一二。

塞尚恰恰喜欢福楼拜的作品——他们都是那种具有苦行僧精神的艺术家，也信奉艺术家应该隐于本人作品之后。第一个将塞尚与福楼拜联系在一起的是法国印象派画家莫奈，他认为塞尚和福楼拜很像：与塞尚对整体画面结构的追求相比，福楼拜也有将零星部件组合成一个和谐场景的能力。更重要的是两人对艺术的虔诚态度。人们从《包法利夫人》的手稿中发现其修改与增删到了触目惊心的地步。福楼拜影响了后来的现代派——普鲁斯特、詹姆斯·乔伊斯以及俄国的契诃夫，正如塞尚对后世艺术家们狂风骤雨般的影响力。

莫奈说，他们经常性地陷入犹豫不决之中，就像一个天才不断挣扎，进行着艰难的自我怀疑和自我确认。他说的是福楼拜，也在说塞尚。

作为一个雄心勃勃的幻想家、诗人，独树一帜的绘画领域的创作者，早年的塞尚以强烈的内心感受来作画。后来，塞尚对早期想法作了修正，通过观察、分析和探索自然来感悟真实，而不仅仅凭借想象。塞尚不同程度地接受了外部视觉的影响。至晚期，塞尚似乎又回到不管不顾、肆意作画的状态。但这绝非简单的回归，更像是不动声色的提炼、浓缩、再组织、再调整。一次次的出发，回归，再出发。

在遇到圣维克多山之前，塞尚孜孜不倦、旷日持久地画着苹果，苹果是一切，是灵魂，也是血肉。

二

我看过一张塞尚的黑白照。晚年的塞尚席地而坐，身上衣服沾满尘垢，鞋上全是泥，草帽被丢在一旁的泥地上。他一手撑地，一手自然下垂，微抬着头，目光茫然地望向路人，就像一个从劳作中归来的老农，难掩倦怠之意；也像一个无所事事的孩童，从热闹的家中走出，不知去往何方。

照片所摄的场景，或许正是塞尚从住处去往圣维克多山的路上。塞尚在写给朋友的书信中，经常谈及坐马车去往一个叫“河川”的地方作画——那便是他观察、沉思、创作圣维克多山的所在。

对晚年的塞尚来说，围绕着圣维克多山的一切就如一个巨大的哑谜，静默、神秘，难以揣测。

圣维克多山位于法国南部，那里是塞尚的故乡，也是他和左拉一起度过童年的地方。每到一处，塞尚便给家人和朋友写信，厚沉的《塞尚艺术书简》收录最多的便是他写给左拉的信。很多时候，都是落魄不堪的塞尚向早已成名的左拉借钱，以解燃眉之急。这段少年时期便已缔结的友情后来急转直下、迅速恶化，据说是因为左拉在某篇失败的小说中影射了塞尚的悲剧命运。其实，这不过是一种近乎拙劣的说辞，心灵与现实的双重隔阂早已将两人的友情摧毁殆尽。

晚年的塞尚得知左拉因煤气中毒辞世，躲进画室，号啕痛哭。在敏感、自尊、孤僻的塞尚的生命中，左拉曾经给他庇护，尽管他们之间的裂隙早已悄然形成。

在塞尚和他所处的时代之间，也存在着罅隙巨大的深渊。

当他的印象派朋友还沉浸在后花园的光影之中，塞尚早已感到不安，并怀疑起这一切来。他不满现实，要与现实宣战。他觉得印象派美则美矣，到底肤浅。塞尚这一生最不满的便是“肤浅”二字。某种意义上，塞尚更像个知识分子，他研究绘画，而不仅仅是创作它。“萎靡”的印象派当然无法长久地满足塞尚。他在苹果、人物肖像画和风景之中，苦苦寻觅精神世界的奥义。傅雷认为塞尚“建树了一个古典的、沉着的、有力的”现代艺术来弥补印象派之弱，这正是塞尚毕生所行之事。

不知因了何种契机，塞尚决定独自一人走向故乡的山脉，这个念头一旦落地，从此风雨无阻，就如默默耕耘的农夫，也似背负十字架的圣者。去往圣维克多山之路险象环生，有顽童的掷石凌辱，有极端气候的威胁，还有随时可能降临的创作途中的虚无。塞尚一次次地靠近，却不能完全进入。创作途中的曲折程度远远超乎他的想象，但山的恒久屹立比苹果、比静物更让他感到深广磅礴的力量。

塞尚带着每况愈下的身体，一天天去往那里，每时每刻都想待在那里，连生病也不停息，像佛教徒的转山行为，急切狂热，毫不厌倦。

没人知道这一过程是怎么接续下去的，就像河流，就像任何自然生成的事物。从大地上的圣维克多山到画布上的圣山，塞尚一点点靠近它，努力完成它。观者眼中的圣维克多山开始呈现超强度的凝练运动，浓烈、层叠的色彩渲染使得山体固有的轮廓变得模糊，宛如幻觉。

显然，塞尚对色彩与音乐之间的固有关系有着某种近乎本能的体悟。傅雷也认为塞尚的全部技巧在于中间色，它们就如音乐上的半音，与旋律的谐和与否有着莫大关系。塞尚的色调极其复杂，冷色、暖色都有各自的层级与区间，他以色调的并列和重叠，以苍茫的笔调和复杂的矛盾性，去接近“体积感”和“形”，接近生命本身的宁静与质朴。

色彩才是一切生命美感的基础，鲜明、浓烈的色调造成视觉上的明净感，“有如音乐上和声之响亮”。塞尚孜孜以求的不过是色彩，他以色彩去建立明暗、结构与层次，色彩既是画面结构本身，也是实现深度的方式。

圣维克多山成了塞尚深入观察自然的样本，它是所有苹

圣维克多山 之一／保罗·塞尚

果、静物和人体画像的集合，它庞大静止，又变化莫测。

三

一个人无论何时何地，只要进入自然的怀抱——接近一座山脉、一个湖泊、一片村落，他的感受就会变得无与伦比地丰富和强烈起来。在自然中，人所遇到的不再是外事外物，而是他自身。唯有如此，一个生命最本质的东西才会被激发出来。

成年后，我在返回故乡的短暂时日里，行走在群山和溪流之间，莫名接收到某种难以言传的感动。这是一种无法预演的情感，甚至很难被准确地记录下来，只有在那气味和场景里待过的人才能感同身受。就因为那是熟悉的出生地，生命之流的源头，某种与生命本质相关的东西才会如此强烈。从命理学的角度解释，出生地的地理环境与一个人的命运休戚相关。

由此，我明白塞尚为何要在巴黎和故乡之间来回往返，到最后，他干脆回到那里——法国南部普罗旺斯的艾克斯城。因为，那里有金字塔般的圣维克多山，有与自身艺术探索相呼应的形状与色彩。

那也是艺术家朝圣之旅的最后一站。这是塞尚的幸运之处，那里的草木、山峦激发了他对自然的感觉。塞尚所有的努力与坚持，不过是为了重建关于自然的情感，通过几何式色彩，通过连续性造型，寻找艺术和心灵的避难所。

艺术家是那种以全部生命来进行创作的人，除了生命本身，他一无所有。这正是塞尚的不同凡响之处，它不是任何技法可以抵达的，唯有塞尚可以抵达——一种真正的锲而不舍精神，置生命于广袤无际的孤独之中。既是无休止的努力和冒险，也是成全。

从塞尚身上，我们看到原始的修士般的隐忍和激情。一个人的生命中，总有无能为力、无法企及之处，也有自我放弃、自甘堕落的时刻。我们由此明白人生和艺术的艰难。大概也唯有这份艰难，才能让人一心一意追寻下去，即使一无所获，遭受误解、冷遇甚至羞辱，也是题中应有之义。一个真正的艺术家是会对此“过程”上瘾的。生命真正能够拥有的也不过是“过程”本身，舍此别无他物，哪怕它最终被证明纯属无稽和虚妄。

塞尚画作让人感动之处在于他明知万事万物不可尽，却做着穷尽的努力，一次次让自己陷入命运的终极性焦虑之中，去解那无可解的大谜团、大难题。塞尚以贫病之身，以难以消歇的妄想之心，长年累月接近圣维克多山的行为便是明证。这让我想起晚年托尔斯泰不顾一切的出走，最终病逝于阿斯塔波沃车站。临终将至的迫切感，现实问题的盘根错节，让他最终作出几乎可称之为豪迈的壮举。出走并没有让托尔斯泰获得真正的安宁，相反加速了他生命的消亡。他以行动让命运重新掉入不可知、不可解中，这便是托尔斯泰最后的反抗，也是最终的获得。

艺术家以“矛盾”和“深度”去介入生命的每时每刻，他们不肯放弃任何穷尽和深入的机会，即使追求不到，难以为继，也绝无终止之时。那是一种燃烧的本能，以身为牲，献身艺术。这或许才是艺术家的天赋所系。塞尚从早年的幻想家、浪漫主义诗人，慢慢蜕变为冷静的观察家、哲人、修行者，离那个真正的自己越来越近了。

四

电影《我和塞尚》讲述的便是左拉和塞尚之间友谊与决裂的故事。电影里有一个场景：深夜，塞尚站在左拉家的台阶外面，无意中听到房子里的人正以一种不堪的口吻谈论他，包括左拉的妻子和朋友。而一旁的左拉始终不置一词。当左拉从房子里走出来看见塞尚，也只是说，你都听见了吧。

很多年后，功成名就的左拉挈妇将雏回到艾克斯城，这个消息传到正在圣维克多山上作画的塞尚那里，他飞奔下山，来到左拉所置身的咖啡馆门口。人群中，塞尚缓缓看向童年的玩伴，脸上涌动着难言的喜悦之情。那一刻，左拉忽然被问及会不会去塞尚家做客，他神色平静、思索片刻后答道，塞尚曾经是个天才，一个折翼的天才。言外之意，他现在什么都不是了。塞尚听完这一席话，默默离开被热闹的人群所

左拉像—保罗·塞尚

包围的左拉，一瘸一拐返回圣维克多山上。

这些经艺术化处理的场景只是塞尚一生遭遇的浓缩。

年轻时，塞尚的画作在官方沙龙中落选，即使进到落选者沙龙里，也只占据微不足道的位置。临终之前，塞尚仍默默无闻，所画作品无人问津。当地的美术馆馆长甚至明确表示，永远拒绝塞尚的作品。贫穷和冷遇并没有让塞尚沮丧，但与左拉的决裂给了他致命的打击。敏感、自尊的塞尚除了绘事之外，最注重的便是友谊和精神交往。

从此之后，塞尚离群索居，所抵之处唯有圣维克多山。那是他心目中的圣山。他有自然、调色盘、普罗旺斯的阳光以及圣维克多山为伴。

“我专心工作，看见许诺的土地。我终将如同希伯来的伟大领袖……我已经获得一些进步。为什么这样缓慢，这样辛苦呢？如同祭司一般。”这是回到故乡的塞尚写给友人安普罗瓦安斯·沃拉德信中的一段话。

晚年的塞尚一直思考如何让本能的、内在的艺术情感焕发出生机，而在电影《我和塞尚》里，他却被左拉指摘为没有感情、自私自利。暴躁、激烈的塞尚一直不被世人理解，甚至左拉也不理解他。塞尚身上的感情怎么可能与普通人同日而语，怎么可能轻易被人认出？史作柽在《塞尚艺术的哲学随想》一书里提到，“有人的情感全属于人间，有人的情感来自天上。属意人间者，多似有所得，沾沾然，则永坠于地下；属意于天上者，则通过人间，陷身孤独，而仍归之于究极，却又不得其究解之天之域”，塞尚自己知道得很清楚，他属于后者。不被理解、陷身于孤独是他的归宿。

因对自身境遇的彻底了然，晚年的塞尚才能彻底远离人为情感与画坛纷扰，将全部精力投入对自然和心灵的研究之中。圣维克多山便成了他孜孜以求的世界，苦苦不得进入的世界。他一天天地去往那里，全身心投注其中。朴实如农夫，虔诚如僧侣。无数次，塞尚在给儿子的信中提到自己工作的“圣地”。

“我前往称为马尔特里的小丘，有棵大树在水上如同撑起水井般。”

“一到傍晚，牛来吃草。羊也来饮水。但是马上就消失了。”

“河流周边，题材变多了。如此变化多端让我相信，数个月间，不去改变场所，只要向左边或者向右边，就能从事工作。”

……

在信中，塞尚一再强调自然之美。他认为，如果一个画家还拥有某种创造的可能性，一定是在投身自然的怀抱之后。只要拥有对自然的真切情感，总能有所收获。

情感是通向所有色彩和构成的唯一方法，这是塞尚在漫长岁月里所获取的经验，他将以此为累积投入一场漫长而伟大的战斗之中。

五

塞尚的创作是天真与世故的结合，新鲜和老辣的荟萃，给人“历圆滑而弥天真”之感。

里尔克发现塞尚作品的动人之处正在于无色之色，“在他极度敏感的眼光下，灰色作为颜色是不存在的，他挖掘进去，发现紫色、蓝色、红色和绿色。尤其是紫色。”塞尚的色彩世界，悲欣互视，冷暖交集。他注重的是色彩之外的流转性，以及色彩内部的可能性。它们暗自生长、万千变化，其内蕴深入色彩内部，抵达结构深层，给人流光溢彩之感。塞尚晚年所作的《圣维克多山》便是如此。轮廓线破碎、松弛，物体形象消失，色彩宛如流溢的光芒飘浮在物体之上，又保持自身独立性。

塞尚让我想起中国古代诗人杜甫，可能是因为他们在各自的领域内所起的承前启后作用吧。圣维克多山之于塞尚，

圣维克多山 之二/保罗·塞尚

就如“安史之乱”之于杜甫，他们从各自的现实经历中得到历练，获得人性深彻的情感，从而获致艺术的永恒性。这并非只是方法上的锻炼，或技巧演变，而是根本意义上的变化。

“安史之乱”之后，杜甫的诗歌第一次直面沉郁、哀伤的现实。塞尚也是如此，他以理性和节制之心来到自然中，一心一意只与自然为伴。塞尚早年受浪漫主义、印象主义的影响，同时承继古典传统，加之以自然为师，才慢慢形成自己的风格，可谓步履维艰。

艺术家的道路千变万化，并无明确之路可走，常常于荆棘丛生中，于无路可走处辟出一条崭新的路来。后来者受此启发，再抵达其他之处。所有道路的抉择都与艺术家的生命相契合。所谓寻找绘画的道路，不过是“心之所至，意之使然，心之所向，素履以往”。

塞尚让自然在自己身上说话，自己完成。孰为艺术，孰为自然，就连高明的艺术研究者也无法说尽其中的奥秘。在塞尚这里，当自然内部的结构取代绘画结构，当物体形象挣脱有形的束缚，艺术家内部的感觉才如泉水奔涌。流动性是所有艺术的生机与活力所系。塞尚以为，艺术乃与自然平行之和谐。他不过是在自然中，设法与自然一起工作。塞尚幻想就此建立一个恒定的世界，但一切不过是接近，无限接近，并非真正抵达。

塞尚与圣维克多山之间，大概就是一个无限趋近、永远无法抵达的关系。

与流水为邻

一

绘画不像文字，它一目了然。你对一幅画喜欢或不喜欢，也不过是一两眼的事。那是直觉。直觉的厉害之处在于，它几乎是正确的。

我并不懂绘画，可我喜欢看。它是手工劳动的结晶，是手与心在两相配合中所能抵达的美妙境地。小时没有画可看，偷偷把书本上的图片剪下来，贴在墙上，让眼睛在那些墙上戳来戳去，以此获得愉悦和满足。

我惧怕画上所绘的墓地、骨灰盒、死人，怕得不行，似乎一旦伸手就能触碰到，实实在在地接触到。这种感觉类似阅读与打碗碗花有关的文字，打破碗的恐惧随着文字一起发酵，让人惶然不安。这落后、可笑，分明属于原始人类的认知心理却在我童稚的心里根深蒂固，不可自拔。

第一次被美的光芒照耀是因为一朵绣在衣衫上的玫瑰花。昏暗的学堂里，一个美丽的女孩穿着一身粉色衣裳，上衣左胸处以闪亮的珠片绣着一枝带花梗和叶片的玫瑰——也有可能是月季。这是我第一次意识到以丝线绣出的花朵比现实中绽放的要秀丽和紧凑得多，也美得多，及至后来看到“牡丹”牌香烟上的牡丹图案，糖纸上所绘的“锦上花”，都感到一种莫名的震撼。它们太好看了，比现实中的花朵好看太多，好像来自另一个世界。

童年时躺在母亲的雕花木床上，好似躺在一个幽闭空间里，空气中充满樟木的香、尘灰和人体的热烘气。木床的楣板和围栏上饰以雕花刻镂，有梅兰竹菊、龙凤呈祥、花好月圆、松鼠如意之类，泛着红色亮光。

那种感觉至今还记得，空气中好像有香气溢出，层层叠叠，萦绕在侧。视网膜上的印象就此转化为心灵密码，它不是浅薄、单一的观看游戏，而是体验、训练、抽离、接受，最终是心无旁骛地融入其中。

“抽象所带来的平静、宏大、形而上，实在是一种大美。”

看到这句话的刹那，我心里震了一下。对我而言，所有的艺术都是抽象的。它不是以与事物原貌之间是否存在难以辨认的状况来划分，而是其中流露出的精神气息。抽象艺术，是以局部与细微涵盖整体的艺术，它以简洁的形式直抵心灵。从原始人在黑暗、深幽的洞穴里绘下野牛和骏马，至汉代画像石和画像砖上幽微、灵动的生活场景，又至清八大山人笔下的游鱼、飞鸟、残荷，它们是艺术家生命的舞蹈、精神的

墨笔杂画册　之三　鱼—八大山人

游鱼图轴／八大山人

飞扬，是浓缩、凝聚和提炼的结果，而不是枯燥、啰唆，毫无节制的叙说和描摹。

无论是抽象，还是具象，它们的意义在于画面所激起的情感以及情感表达的纯粹性上。显然，艺术地抉择比事无巨细地描摹更能给人统一协调的印象，让人想起深山大泽、古木苍藤，想起时空浩渺、人世悲欢，所谓“弦上之音，空外余波，袅袅不绝”。

二

那些岁月里，人是无知的，懵懵懂懂，迷迷瞪瞪，还没正式进入时间的长河里。在田野上奔跑、玩耍，在溪流边行走，听到什么声音，看到野花野草，停歇一会，玩上一玩，照例是会忘掉的。它们被清风从耳旁带走，藏进远山的褶皱里，隐到山茶花、栀子花的气味里。不时会有惊恐事件发生，舌头染上紫色，嘴唇和牙齿也变紫了，镜子里一照，像鬼。弄清楚是吃了道旁灌木丛里那种叫“乌饭果”的野果，才稍稍心安。吃了树上的桑葚也会这样，乌紫乌紫，紫到发黑，让人畏惧。

汁液里藏匿的染色秘密，好似给混沌的时间打上一针兴奋剂。孩童们因此漫山遍野寻找能染色的植物，哪怕只是让嘴唇或苍白的手指变个颜色，也让人兴奋不已。

可染色的野果中，我知道的还有：黄栀子、柿子、算盘子。栀子能染出明亮、清澈的黄橙色系，步骤如下：将新鲜栀子捏碎浸泡三小时，过滤后即可取染液，色调与一种月季的颜色相似。柿皮和涩柿果能染出柿子色，比栀子果所染的更为深厚、沉静、恒久，被誉为“太阳之染”。而算盘子捏碎后，染液接近玫红色，隐隐透出红色光芒，接近夏日天空里晚霞和风的颜色。

某个时期，在杂草丛中寻觅能染色的植物，与看天上移来移去的云，成了同等重要的事。有一天，在山坡野地上走得疲累，猛地抬头望天，惊觉天上的云朵不知何时已被染成柿子色、栀子色以及明亮的玫红色。原来，熠熠生辉的世界在天上啊。

童年的村落，白墙黛瓦，青色石子路，古樟擎伞。色系单调，鲜有变化。屋子以内，窄窗小门，椽木、屋梁经烟熏火燎后，更是接近洞穴般的存在。唯有春日柳树发芽、桃花盛开，溪流淙淙、燕语呢喃，或者冬日雪地里百子炮炸开一地红泥，炸出欢声笑语，才感到世界变得焕然一新。

我们总想着要住到一个更新的世界里，更美好、更宽阔，更多的色泽、声响和变化，大概我们真正渴盼的是某种豪华场景的出现，许多颜色、声音、气味、食物，取之不尽，用之不竭。

王维的《画》是我平生所读第一首古诗。那个炎热的教室，我们在一个穿碎花连衣裙的女教师的引领下，反复而心不在焉地朗读、齐声读、熟读成诵，根本停不下来，却不知道它到底讲的是什么。可那种声调、旋律抑扬顿挫，就像给陈旧的木头上了漆色，让枯竭的河床发出声响，使目盲之人重见光明。

远看山有色，
近听水无声。
春去花还在，
人来鸟不惊。

那日午后，教室上空飘过大朵大朵的云，屋子里的人没有看见，可枝上停靠的雀鸟看见了，不仅看见了，还发出欢快的啼声。

三

仅仅是描绘某种“气息”的画作，更容易在我心里留下长久的印象。比如莫兰迪的瓶瓶罐罐，它们通过几何结构、排列组合、柔化的色调，表现了物的秩序感，某种“形而上”的气息。无论是灰色、白色、蓝色、绿色，还是黄色，都充斥着莫可名状的灰白调子。莫兰迪的厉害之处在于他从不表现具体的色系，他表现生命本身的质朴、宁静与神秘。

莫兰迪引入一个可称之为经典的配色法：以低饱和度色系，完成物体的排列组合。经沉淀与过滤后，哪怕再炽烈的黄，再耀眼的红，一切有热气与火气的颜色，都一一沉潜下去。

静物／乔治·莫兰迪

经莫兰迪之手，色彩回归到应许之地。它让凝注的目光出现勾留、停顿以及恍惚。他画的物是旧物，风景是呆板的旧风景，器皿上堆着灰，而花卉皱缩失水。那个世界，时间很慢，徘徊不前。人、器物与风景都被施了魔法，旧了，颓了，可某些东西还在。

那些仍在的东西到底是什么？看莫兰迪的画竟生出探究的好奇心，好似站在时间深处的古宅里，看墙高院阔，庭院深深，看门楣窗楣上繁复的雕花，看尘灰落满经年的灶台，这里面到底保存了什么？

无疑，时间凝滞了，呈迷离和涣散状态，但一种整体色调就此统领一切。画面中开始出现光，物体沐浴在晨光里，如虔诚祷告的信徒，如静穆的古希腊雕塑。

暖色与冷色是对比出来的。在真正的自然里，万物表现的是一种协调色。火红的枫叶、热烈的牡丹、湛蓝的海、色彩斑斓的地球表面——无论多么热烈、喧嚣，其骨子里都是寂静的。自然涵养着万物，也促使其养成寂静的本质。此处的寂静不是心如止水，岿然不动，而是深厚、永久，坚韧不拔。哪怕四季更迭，风流云散，它还在那里。哪怕山河破碎，身世浮沉，一个人要做的仍然是那些。

莫兰迪便是如斯呈现，朴素、冷静、透彻，就像日复一日的生活，水滴石穿的日常。

透过画作，我们看见后面站立着的人，一颗热烈生活、真切恳挚的灵魂。莫兰迪教我们以一种全新的目光观看这耀眼华丽的世界，他改变了我们的观看方式。低饱和度的色彩，就如埋藏在尘埃里的光与热，静水流深，微波荡漾。

对色彩及衣物饰品的迷恋贯穿于女性漫长的青春期。繁星照耀的时光里，脑海中满满当当皆是如何打扮的念头，要美的，鲜艳的，与众不同的——青春年少的人在此方面，可谓殚精竭虑。当时间流逝，容颜消退，对自身和色彩都有了切身体悟后，更明白了抉择的方向。此刻得遇莫兰迪便不是偶然事件，他在时空那端等待着，以宁静、永恒、沉思的色调，以无止境的耐性。

邻近色的使用，低饱和度，恰切的情感表达——莫兰迪配色的要义在于隐藏自己，不突兀，不显山露水，将身体隐于自然和人群之中。

四

这些年，我坐在不同房间的窗户前，以沉思和写作打发四季光阴，而搬家不过是更换一扇窗户，换一个观看和冥想的地方。那些日子可真安静，我好像不住在繁华的闹市街区，而在僻静的乡下，童年外婆家的村庄里。市声退去，宛如隐居岁月。无论冬夏，午后时分，总能听见一种奇异的鸟叫声，类似“布谷布谷”的声音，一声两声，倏忽而来，倏忽而去，绝不成啁啾之势。它与我在故土果园里聆听到的声音如出一辙：好像同一群鸟在不同时空里，反复呼喊与印证着什么。

城市的小区，窗外总有一两株瘦弱的、不成气候的树，无患子树、无花果树或尤加利树。春天里，无患子树会掉桂圆一样的小果子，里面藏着肥皂泡，可做洗涤用。无花果树其实有花，它的花托藏在果实里，夏天熟透时，吃着有股甜丝丝的味儿。而尤加利树，又叫桉树，是我从网上买来的。它的叶子可真好看，绿中泛灰，呈银灰色系，心脏形，闻着有股凉意。比薄荷的凉，舒缓、妥帖多了。

一株树从新叶萌发、绿意葱茏至叶片落尽，我都看在眼里记在心里。我还知道三月中旬时，无患子树上依旧没有一片叶子，而它的果子还悬在枝上，与枝干呈同一色系，融合无间。我还知道一棵树在四月中旬的时候最好看，旧叶坠落，新叶抽出，新旧交替，最是光亮、新鲜的时刻。一年四季，大自然暗自地、若无其事地调色，极尽搭配之能事。

窗前所见的无非是这些——雨丝、落叶、暮色、暴雨、露珠、飞鸟、柳絮、冰雹、月光、雪花……这样的物事可无限进行下去，以至循环往复。人以肉身凡胎行穿越之事，所有眼睛在世上所见大抵相似，结局却不同。也可以说，人其实一无所见，见到的不过是心里想见的，余皆熟视无睹。

窗前，时移物换，我究竟看见了什么？而离开窗户，离开房子和城市，去更远一些的地方，去一条闪闪发光的路上，是不是能看见更多？我不知道。

我只知道自己越来越不想离开这扇可以远眺的窗户了。只要站在窗前就够了，万物自会到来，络绎不绝地到来。在美妙的梦里，人们轻易地获得了满足，从梦境离开的时候却什么也带不走。

有一天，当人们关上窗户离开时，大概也是如此吧。

五

我所寄居的城市，也是拥有七千年历史的马家浜遗址所在地，从那里出土的红衣陶器、玉器、兽骨和鱼骨至今仍保存在本地博物馆里。有一年春天，我无意中闯入那个被油菜花和田地所包围的荒野郊外——当年的挖掘现场，如今依然荒草萋萋。绕过丛生的荆棘和侵道的野草野花，我走在长长的条石路上；石条掩映在荒草丛中或庄稼地里，上面布有圆形孔穴，好似先人手工劳作之遗留物。

不远处，遗址腹地上，竖立着九根图腾柱，中间一柱为醒目的石锛造型，其余木柱造型也各不相同。成片的庄稼地、从生的荒草丛中，它们的出现宛如神迹，让人惊异。近前细看，上面的刻纹、图案、装饰，带着古老的巫语，又好似风雨中天然生成。我想起英国索尔兹伯里平原上的巨石阵，它们被哈代写入长篇小说《苔丝》中。同名电影里，那个叫苔丝的姑娘在杀死她悲剧命运的制造者后，与爱人克莱尔逃至那里，黎明之前，他们有一段关于巨石阵来源的对话。

江南的乡野大地上，九根木质图腾柱直指湛蓝天穹，仿佛亘古以来便已存在，并将永远存在下去。

还有石碑。还有碑身上的神人兽面像，肖似遗址里出土的“兽面形陶器耳”，双圈大眼，粗鼻上翘，张口呈吼叫状。

在遗址现场，无论是朴拙的条石路、木质图腾柱，还是神人兽面像……这些并不是来自远古的遗留物，而是当代雕塑家陆乐的作品。它们屹立在考古发掘现场，经受阳光滋润，风雨侵蚀。它们的存在，似乎将此刻与过去的世界接续上，代替那些进了博物馆展厅里的文物，继续留守和看护这片土地。

这个位于荒草丛中、庄稼地里的雕塑群，题为《痕迹》。

雕塑的伟大之处在于，它既是对过往时间的总结，也处于时间的永恒流逝之中。它与落花相伴，也与流水为邻。它是时间的参与者和见证者。人们从荒草丛中、从遗址现场的图腾柱上，或许可以聆听到先人静默的歌吟。

这之后，不同的季节里，我都去过那里。

有一次，我甚至在庄稼地里迷路了，或远远地看见屹立的图腾柱，却怎么也无法靠近。而每一次，经重重寻觅之后的猝然相见，都有怦然心动之感。那种感动，人大概只有在自然中才能获得。

一个野生的环境，不断生长的空间，随处弥漫的声响——它们来自尘埃深处，源于死去生物的鸣唱。发生在那里的一切，不会过时，永不消失。

遗址，既为痕迹，也为重要的现场。

而所有艺术活动，其宗旨大概就在于如何从现场出发，将自身存在纳入时间流逝的缓慢进程中。从遗址动身，再去

痕迹（雕塑群）/陆乐

博物馆观看展览，一切似乎都变得不一样了。

具体到写作，如何与遥远的过去发生关系，便成了所有叙述活动的出发点。那似乎是顺理成章之事，人一旦进入创作中，便逐步回到往昔的怀抱，将渔网奋力撒向记忆的大海，去打捞沉睡中短暂而微弱的瞬间。

总是这样，我们送走流水，又回到流水的身边。

后　记

这本名为《静默与生机》的艺术随笔集断断续续写了近三年。很多时候，我已然忘记自己是在写一些与艺术有关的文字。我并不懂画，对中外绘画史更是一窍不通，感兴趣的只是其中少数几位艺术家及他们某些时期的作品。这样的写作除了被贴上“胆大”“无知”等标签外，便没有别的了。所幸我谈论的并不在绘画本身，而是想借此梳理自身所思所想，以此获得绘画之外的教益。

借艺术家的道路，我想到自己的路；自始至终，我想要解决的都是自己的问题。那些问题一直纠缠着我，从不给我喘息的机会。由时间流逝带来的焦虑症，幻变成另一种更隐蔽、更复杂的焦虑。由绘画思考人生和写作的出路，思考最终的解脱与超越之术，整个过程宛如从内心深处一点点掏出东西来，放于纸面上，累积出一个可能的样式。它们越积越多，也越来越模糊。我真不敢相信自己有一天能完成这样一册由好奇心和求知欲所指引的书。

在不同时间里，我写下一些与塞尚、莫兰迪、牧溪、马蒂斯、东山魁夷、马远、常玉、李青萍等艺术家有关的文字。这些性属“第一人称”的画作之所以引起我的共鸣，全在于艺术创作中情感的力量。一个创造者必须完全进入自己的作品之中，将此当作唯一存身的世界，舍此之外并无别的世界可以依傍。或许，那里面存在的一切，自身所做的一切，他并不能完全看清，犹疑、反复、自我矛盾是那个世界应有的奥义。

完美的诗作无法被翻译，一幅以心灵为描摹对象的画作同样拒绝阐释。塞尚的圣维克多山、莫兰迪的瓶瓶罐罐、常玉的花卉静物、牧溪的《六柿图》以及马远的《十二水图》，都属于广大的心灵的疆域。心灵以它的静谧、庄严、简朴、深阔俘获了我。那样的世界本没有太多戏剧性的东西，无论是色彩、音符，还是文字所搭建的世界，不过是说出某种一致性的东西，那些确凿无疑、客观存在的事实。

这些艺术随笔——它们很像是心灵絮语，即兴，随意，跌跌撞撞，自然生成。如果有莽撞和不顾一切的成分，那也不过是为了表达某种决心，在一条道路上不间断地走下去的决心。那于莽莽荒野中隐隐存在的路，呼唤着不顾一切、勇猛行进的人。

“阳春布德泽，万物生光辉”，所有书写的日子宛如在春日辉光的照耀下，充满安稳、宁静和喜悦，这也是牧溪的《六柿图》给予我的感觉。

最后，此书在写作过程中，入选浙江文化艺术发展基金2021年度资助项目，以及嘉兴市文化精品工程扶持项目，感谢上述机构和单位的鼓励与支持，同时感谢黄山书社以包容之心出版这部充满“偏见”的艺术随笔集。

2021.12.3